Silke Lüttmann

Lab.

Tod im weihnachtlichen Augustfehn

Ammerland-Krimi

Für meinen Traum von
Sileys Dog House

Die Autorin:

Geboren 1971, aufgewachsen in Bad Zwischenahn und nach dem Abitur lange Jahre als Fitnessfachwirt tätig gewesen.

Sie lebt mit einem Hund glücklich im schönen Ammerland und träumt von einem Resthof, auf dem sie Schafe und noch mehr Hunde halten kann.

© 2024 Lüttmann, Silke
Verlag: BoD • Books on Demand GmbH, In de Tarpen 42, 22848 Norderstedt
Druck: Libri Plureos GmbH, Friedensallee 273, 22763 Hamburg
ISBN: 978-3-7597-3351-1

Der Inhalt dieses Buches ist geistiges Eigentum meiner Person und urheberrechtlich geschützt und reine Fiktion.

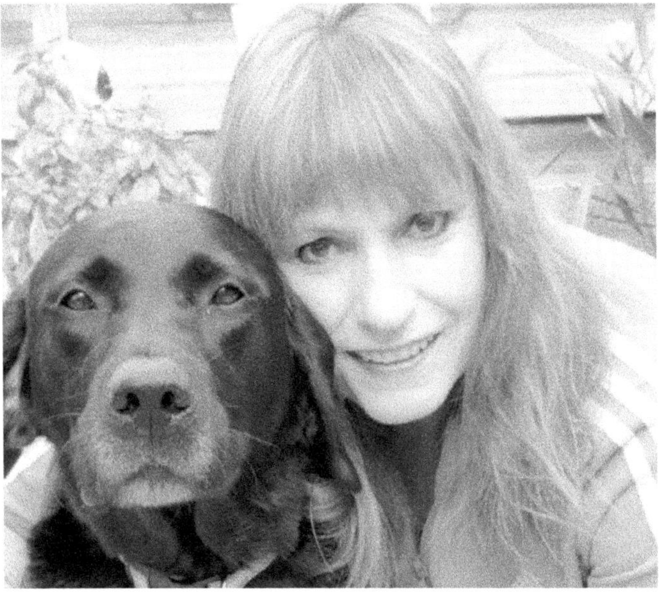

Prolog

Mein Name ist Siley, ich bin von blauem Blut. Ich lebe mit meinem Frauchen Silke im schönen Augustfehn und freue mich auf die Weihnachtszeit, in der es täglich wunderbare Leckereien gibt. Silke hat mir einen Adventskalender gebastelt, vor dem ich täglich brav warte, dass sie mir ein besonderes Kekschen gibt.

Am warmen Ofen liegend schaue ich von meinem Kuschelbett auf die tanzenden Schneeflocken vor dem Fenster und lasse mir freudig mein Mäntelchen anziehen, wenn wir nach draußen gehen, da mein Rücken etwas empfindlich ist. An diesem Tag wäre ich jedoch lieber im Haus geblieben, denn die Spur, die mich vor unserer Haustür erwartete und mich in unseren Stall führte, war alles andere als besinnlich.

1

Vor dem Fenster tanzten Schneeflocken und fielen leise auf den dicken Schneeteppich, der seit Tagen die Landschaft bedeckte. Ich lag am warmen Ofen in meinem großen Kuschelbett und warf immer wieder einen Blick zur Küche, in der Silke leise summend hantierte. Sie backte Plätzchen, die auf dem großen Küchentisch bunt verziert wurden. Silke hatte mich in mein Bettchen verbannt, da ich ihr vor den Füßen herumgestanden hatte, und hatte mir erklärt, dass diese Kekse nicht für mich waren. Anfänglich hatte ich ein klein wenig geschmollt, doch Silkes gute Laune übertrug sich auf mich und ich wartete darauf, dass ich für meine Geduld einen Hundekeks bekommen würde.

Es roch herrlich nach Vanille, Zimt und anderen Gewürzen und ein ums andere Backblech wanderte in den Backofen, um nach wenigen Minuten heiß und dampfend auf den Küchentisch gelegt zu werden. Silke hatte ein erhitztes Gesicht und, als sie sich eine Haarsträhne aus dem Gesicht strich, blieb Mehl auf ihrer Wange kleben. Ich musste darüber lächeln und räkelte mich in meinem Bett. „Ist dir auch so warm?", fragte Silke mich. Ich erhob meinen Kopf und sah sie an. „Das ist das letzte Blech. Die Plätzchen müssen dann abkühlen, bevor ich sie verzieren kann. Wir können dann in den Stall gehen und den Schafen eine Extraration Heu geben.", fand Silke. Ich stand auf und schüttelte mich von Kopf bis Rute durch. Silke nickte mit dem Kopf zur Dielentür und ich setzte mich in Bewegung. „Lass dir schnell den Mantel überziehen, draußen ist es frostig." Als Silke die Tür öffnete, rannte ich voran. Im Stall war Lissy, mein Lieblingsschaf und ich freute mich auf ihre Gesellschaft. Beim Öffnen der Tennentür flogen Schneeflocken in die Diele und ich erschauderte kurz, denn es war kälter, als ich erwartet hatte. Silke zog sich noch ihre warmen Stiefel an, derweil ich bereits auf den Hof lief.

Ich hielt die Nase hoch in die Luft und sog den Duft des Winters ein. Meine Pfoten waren kalt und ich wollte kurz an ihnen lecken, doch ein fremder Geruch ließ mich innehalten. Silke schloss die Tennentür und stapfte durch den tiefen Schnee auf mich zu. Ich bellte kurz, um Silke anzuzeigen, dass ich etwas Ungewöhnliches entdeckt hatte. „Schätzelein, ich möchte jetzt nicht spielen.", sagte Silke zu mir. Erneut bellte ich und knurrte leise, damit sie stehenblieb. Silke sah mich erstaunt an. Der Geruch war nicht weit weg und ich begann ihn zu suchen. Er kam von der Moorkoppel und ich folgte der Spur. Je weiter ich ihr auf der Moorkoppel folgte, desto deutlicher war, dass sie von dort in Richtung Hof führte und ich drehte um, damit ich das Ende fand. Silke war am Zaun stehengeblieben und beobachtete mich. „Was suchst du denn?", fragte sie ungeduldig, „Es ist kalt." Sie sah mir weiter zu. „Siley, komm, da sind sicher nur Rehe gelaufen. Oder Hasen." Ich bellte erneut, denn mir war bereits klar, dass es sich um etwas Anderes handelte.

An der großen Stalltür angelangt blieb ich abrupt stehen. Meine Nase hatte mich fast ans Ziel gebracht, doch Silke musste mir das große Tor öffnen. Sie kam zu mir. „Können wir dann nun...", sie stockte mitten in ihrer Frage und starrte auf den Boden. „Was ist das denn?", fragte sie nachdenklich und hockte sich vor den Fleck. Ich kratzte an der Stalltür, um hineinzukommen. Der Fleck war noch nicht das, was ich entdeckt hatte. Silke blickte nochmal auf den Fleck und machte dann das Tor auf. Ich quetschte mich flink durch den ersten Spalt und lief zielstrebig zur leeren Box auf der linken Seite.

Die Schafe blökten leise, als wir den Stall betraten, doch sie waren ruhig und sahen mir durch die Ritzen der Holzbretter zu, wie ich die leere Box betrat. Silke sah zu den Schafen und folgte mir neugierig. In der Box hatte ich mich abgesetzt und starrte unbeweglich auf das Stroh in der Ecke. Silke betrat die Box und kniff die Augen zusammen. „Wie kommt..." Vor uns lag ein toter Mann. Er hatte die Augen weit aufgerissen und sein linkes Hosenbein war zerrissen. Er hatte stark geblutet. Sein Blut hatte mich zu ihm geführt, doch wer war er? Und wie kam er hierher? Und warum? Silkes Augen sprachen die gleichen Fragen, die ich mir stellte. „Komm, Siley, lass uns Marc anrufen.", flüsterte sie und wir gingen aus der Box.

Der Kommissar Marc Rohloff fuhr langsam auf unseren Hof und parkte seinen Kombi vor dem Stallgebäude. Silke und ich warteten, dass er ausstieg. Marc zog den Reißverschluss seiner Jacke zu und seine Mütze tief ins Gesicht, denn der Schneefall hatte zugenommen und die Flocken wirbelten um uns herum. „Moin.", grüßte Marc und kniff die Augen zusammen. Silke nickte nur und zeigte mit der Hand zum Stall. „Da drin." Ich lief den Beiden voran und drückte die Stalltür, die Silke nur angelehnt gelassen hatte, mit der Nase wieder auf. Marc klopfte seine Boots an der Stallmauer ab und betrat dann den Stall, der nach Heu, Stroh und Schafen roch. Er folgte mir zu der linken Box und sah über die Boxentür hinein. Silke blickte ihm über die Schulter. „Wir haben ihn so vorgefunden." Marc hielt sich die Hand an sein Kinn und sah skeptisch aus. „Das wird schwer den Kollegen zu erklären sein...", meinte er nach einigem Überlegen.

„Hier seid Ihr.", ertönte es vom Scheunentor. Marc und Silke zuckten leicht zusammen, als sie die Stimme vernahmen, doch ich lief der Person freudig entgegen und bellte aufgeregt. „Was ist denn los? Ist etwas mit den Schafen?" Silke schüttelte den Kopf. Der Tierarzt Andreas Steiner kam in den Stall und schüttelte sich den Schnee von der Jacke, bevor er nun ebenfalls in die Box schaute. „Oha...", rief er aus. Was ist denn passiert?" Silke holte einmal tief Luft und berichtete, wie sie und ich den Mann gefunden hatten. „War die Stalltür verschlossen, als Ihr hier reingegangen seid?" Marc hatte seinen Notizblock gezückt. Silke sah mich an und dachte kurz nach. „Ja, sie war fest verschlossen, ich musste erst den Riegel öffnen." Andreas sah sich um und tauschte mit Marc Blicke aus. „Das heißt aber ja, dass der Mann das Tor hinter sich verschlossen haben muss.", bemerkte der Tierarzt. „Nein.", widersprach Silke, „Der Riegel war außen vorgelegt, den kann er unmöglich selbst vorgelegt haben."

Draußen stürmte es nun noch stärker und das Scheunentor klappte immer wieder mit einem leisen Knall zu und auf. „Hast du die anderen Türen geprüft?", fragte Marc. „Die anderen Türen sind alle

abgeschlossen, der Schlüssel ist im Haus."
„Dann muss noch jemand bei ihm gewesen sein." Der Kommissar notierte sich Stichworte. „Vielleicht holt derjenige Hilfe?" Silke und ich schnaubten leise, wir dachten das Gleiche. „Er hätte doch bei mir klingeln oder klopfen können, das Haupthaus ja nicht zu übersehen." Andreas winkte ab, „Stimmt, aus mir spricht der Hunger." Silke lächelte ihn an, „Du kannst gleich ein paar Plätzchen probieren, bevor es Essen gibt."

Marc rief seine Kollegin von der Kriminaltechnik an und sah sich vor dem Stall um. „Der Schnee hat alle Spuren überdeckt, das wird schwierig werden.", stellte er enttäuscht fest. „Da vorne war ein größerer Blutfleck und Siley hat eine Spur über die Wiese verfolgt." Silke sah zu mir hinunter und zwinkerte mir zu. „Dann zeig mir bitte in etwa, wo die Stelle ist, ich sperre das schon einmal ab." Gemeinsam spannten Silke und Marc Seile, wobei der Schnee die Sicht immer schlechter machte. „Lass uns reingehen, ich mache Tee.", forderte Silke den Kommissar auf. Andreas war bereits ins Haus gegangen und hatte sich umgezogen, sein Arbeitsoverall war von einer Fohlengeburt blutig verschmiert gewesen. Im Jogginganzug stand er in der Küche und goss gerade den Tee auf, als wir anderen durch die Tennentür kamen. „Das ist lieb von dir.", strahlte Silke ihn an und pellte sich aus der Jacke. Sie nahm auch Marcs Jacke an sich und hängte sie neben den Ofen, damit sie trocknen konnten.

„Der Mann hat keine Papiere bei sich.", Marc hatte seinen Notizblock vor sich auf den Tisch gelegt. „Die Todesursache war für mich nicht zu erkennen gewesen. Das Blut, das vor dem Stall ist, kann nicht von ihm sein, denn er hat keine Wunden."
„Dennoch ist er tot und liegt in der leeren Box.", sagte Silke. „Ich habe Holger Neuhaus angefordert, er ist der Neue in der Gerichtsmedizin. Vielleicht kann er gleich schon etwas sagen." Silke sah ihn an, „Das wäre schön, dennoch bleibt das Problem, dass der unbekannte Tote in meinem Stall liegt, der von außen verschlossen worden ist.", gab sie zu bedenken. „Das kläre ich, mach dir keine Sorgen.", Marc drückte Silkes Hand und sah sie zuversichtlich an. Andreas legte den Arm um Silke und sie lehnte den Kopf an seine Schulter.

Unser Hof stand voll mit Fahrzeugen der Polizei. Marc sprach mit seinen Kollegen. „Frau Lüttmann hat die Leiche des bisher unbekannten Toten in ihrem Stall aufgefunden und mich sofort angerufen. Der Schnee hat leider viele Spuren verwischt, aber der Hund von Frau Lüttmann hat eine Blutlache gefunden, da sollte die Kollegen bitte Proben nehmen."

Marc erklärte seinen Kollegen, dass wir nicht tatverdächtig waren. Dies wurde mit Nicken kommentiert und jeder machte sich an die Arbeit. Silke stand an der Tennentür und schaute dem Treiben zu. „Wie fühlst du dich?" Andreas war hinter Silke getreten und hatte seine Hand auf ihre Schulter gelegt. „Ehrlich gesagt ist das ein mieses Gefühl. Da ist jemand auf meinen Hof eingedrungen, aber damit nicht genug, ist dieser auch noch tot." Ich leckte Silkes Hand, denn in ihrer Stimme klang leichte Furcht mit. „Ich verstehe, was du meinst...", Andreas küsste Silke aufs Haar, „Ich bin aber auch da und wir stehen das schon durch." Silke sah zu ihm auf, „Es mag egoistisch klingen, doch ich bin froh, dass du wegen deines Rohrbruchs in deinem Haus gerade hier bei mir haust." Mit einem leisen Bellen stimmte ich Silke zu. „Natürlich bin ich auch sehr froh, dass du bei mir bist.", wandte sich Silke an mich und kraulte mir die Ohren.

Marc kam zu uns herüber. „Kannst du mir die Stelle zeigen, wo Ihr die Blutlache gefunden habt?" Sofort sprang ich los, meine Nase wusste noch genau, wo die Stelle war. „Kriege ich Probleme?" Silke sah Marc mit großen Augen an. „Nein, obwohl es durchaus komisch aussieht, dass du eine Leiche in deinem Stall gefunden hast, aber es besteht keinerlei Verdacht gegen dich." Silke pustete laut Luft auf, „Danke.

Das eine Mal hat mir gereicht, als ich unter Verdacht geraten war." „ich erinnere mich nur zu genau, das war auch für mich damals eine heikle Situation gewesen." Der Kommissar grinste schief. Ich wartete an der Koppel auf die Beiden. Marc rief seinen Kollegen von der Spurensicherung und wandte sich dann wieder an mich. „Hast du noch mehr gerochen?" Ich hatte auf dieses Stichwort gewartet und rannte los. „Langsam Siley, wir können nicht so schnell durch den Schnee.", rief Silke mir hinterher. Ungeduldig wartete ich auf die Menschen, die sich durch den Schnee kämpften.

Marc machte an den Stellen, die ich anzeigte, Markierungen und lobte mich, „Du bist ein toller Kerl." Silke strahlte vor Stolz, „Ja, das ist er auch." „Es wird nur schon dunkel.", stellte Marc fest. „Und der Schneesturm wird auch wieder stärker." Meine Pfoten waren eiskalt geworden und ich wollte gern ins Haus. „Siley muss ins Haus, er ist völlig durchnässt. Wir wäre es, wenn wir morgen seine Nase zum Einsatz kommen lassen?" Marc stimmte Silkes Vorschlag zu, „Du hast recht, heute können wir da nicht mehr viel ausrichten. Die Kollegen machen noch den Rest im Stall und dann rücken wir ab."

2

Andreas und Silke saßen am Küchentisch, jeder einen Becher Tee vor sich, und überlegten laut. „Wie ist der Mann nur in den Stall gekommen? War er schon tot und wurde gebracht?" Silke besorgte der Gedanke, dass sich jemand Zutritt zum Hof verschafft hatte, da sie um die Sicherheit der Schafe und mich bangte. „Die Kameras, die du installiert hast, reichen die bis hinter den Stall?" Silke schüttelte den Kopf. „Die sind mehr Attrappe, denn die Verbindung reicht nicht aus, damit sie funktionieren. Aber selbst, wenn, sie sind auf den vorderen Teil des Hofes ausgerichtet, da seinerzeit dort Unbefugte sich Zutritt verschaffen wollten." „Ich werde mich morgen darum kümmern, dass du für alle Bereiche des Hofes Kameras zur Überwachung hast.", beschloss Andreas, „Nur hilft uns das jetzt leider nicht."

Silke seufzte und legte das Kinn in die Hände. „Die Schafe waren völlig ruhig, sonst wäre Siley schon früher in Alarm geraten. Ich war morgens ja noch im Stall und hatte den Mädels Kraftfutter und Heu gegeben, bevor ich mit dem Backen angefangen habe. Der Mann muss danach in den Stall gekommen sein." „Du hattest zu Marc gesagt, dass Siley aufgeregt in die Koppel gerannt war und dann wieder umgedreht ist." „Ja, mein Engel hatte eine Spur aufgenommen, ich hatte gedacht, dass irgendein Wild durch den Schnee gelaufen wäre, aber dann wurde Siley ganz aufgeregt und ist in Richtung Stall gelaufen." „Hast du eine starke Taschenlampe?" Andreas war aufgestanden und schaute mich an. „Willst du mir zeigen, wo du die Spur entdeckt hast?", fragte er mich. Ich bellte glücklich, dass meine Nase gefragt war und lief schon zur Dielentür. „Stopp!", rief Silke, „Erst Jacke anziehen.", lachte sie. Ich zappelte aufgeregt hin und her und Silke hatte Mühe, den Klettverschluss zu schließen, doch dann waren wir alle angezogen, Silke hatte mir noch ein Leuchtband umgebunden, und mit der großen Taschenlampe bewaffnet begaben wir uns auf die Diele.

Der Schnee war durch den Sturm an der Hauswand aufgewirbelt worden und als Andreas die große Tennentür öffnete, schoss ein eiskalter Wind herein, der jede Menge Schnee auf die Diele wehte. „Schnell raus.", meinte Andreas und schloss die Tür sorgfältig. Er machte die Taschenlampe an und im Schein des hellen Lichtes lief er in Richtung Hinterseite des Stalles. Ich blieb zwischen Silke und Andreas, da mir der kalte Wind unangenehm war. Am Stall angekommen wartete Andreas auf uns. „Dann such, Siley.", forderte Silke mich auf.

Ich hielt meine Nase wie am Nachmittag schon, hoch in die Luft und fand die Spur, obwohl diese durch den vielen Schnee nur noch schemenhaft erkennbar. Um mich besser zu konzentrieren, schloss ich die Augen und meine Nase führte mich in Richtung Koppel. Silke und Andreas folgen mir schweigend durch den inzwischen wadenhohen Schnee. Andreas hatte Silkes Hand genommen und Silke blieb dicht neben ihm, wobei sie mich keine Sekunde aus den Augen ließ. Ich wurde schneller und die beiden Menschen hatten Mühe, mir zu folgen. „Gut, dass du ihm das Leuchtband umgebunden hast.", stellte Andreas fest. „Bei der dicken Schneedecke würde er mit seinem schwarzen Fell auch so zu sehen sein.", lachte Silke, „Aber ich gehe lieber auf Nummer sicher."

Am Ende der Koppel blieb ich stehen und wartete auf Silke und Andreas, der mit der Taschenlampe den Zaun ableuchtete. „Hier ist ein Stofffetzen.", bemerkte er und Silke zog diesen vorsichtig mit ihren behandschuhten Händen ab, nachdem sie ein Foto mit ihrem Handy davon gemacht hatte. „Das geben wir Marc morgen." Andreas lächelte süffisant, „Man merkt, dass du das nicht zum ersten Mal machst." „Wie meinst du das?" „Du hast Erfahrung bei der Sammlung von Beweisen." Silke knuffte den Tierarzt in die Seite und zeigte dann nach vorne. „Leuchte mal dort rüber."

Andreas tat, wie geheißen und ich schlüpfte unter dem Zaun durch. „Da sind tiefe Spuren von Reifen, die der Schnee noch nicht ganz verdecken konnte." Silke machte erneut Fotos und hielt sich dann nachdenklich den Finger an die Lippen. „Was überlegst du?", fragte Andreas neugierig. „Ich habe noch Gips im Schuppen, vielleicht kann ich morgen früh einen Abdruck davon machen, sofern der Schnee nicht noch schlimmer wird." „Warte mal.", Andreas begann in seiner Arbeitsjacke zu wühlen, „Da ist es." Er zog eine rote Tüte aus der Tasche und einen längeren schmalen Karton. „Der Müll, den ich heute von der Behandlung einer Kuh übrighabe. Ich werde die Stelle markieren." Silke nickte anerkennend. „Du lernst schnell.", ärgerte sie den Tierarzt. „Es muss doch auch mal etwas Gutes haben, dass ich Müll in den Taschen habe.", grinste er.

Ich bellte, da ich meiner Spur weiter folgen wollte, und Silke zog Andreas an der Jacke weiter. „Sileys Nase hat noch mehr, komme weiter." Die Beiden kletterten über den Weidezaun und ich nahm wieder Geschwindigkeit auf. „Er rennt Richtung Sandweg.", sagte Silke und begann nun ebenfalls zu rennen. Andreas stolperte kurz, fing sich wieder und rannte dann auch. Abrupt blieb ich stehen. Silke bemerkte dies und blieb ebenfalls stehen. Andreas rannte fast in sie hinein. „Hoppla."

Silke nahm seine Hand mit der Taschenlampe und hielt sie hoch. „Schau!", Silke strahlte ihn an, „Siley ist der Beste!" Andreas starrte auf den kleinen Transporter, der vor uns stand. Die hinteren Türen standen offen, aber die Ladefläche war leer. Ich lief um den Wagen herum, er roch nach mir unbekannten Hunden. „Siley findet den Wagen sehr spannend.", stellte Andreas fest und ging zur Fahrertür des Transporters, die jedoch verschlossen war. Silke hatte es an der Beifahrerseite versucht, doch auch diese war abgeschlossen. „Halte die Taschenlampe mal in den Fahrgastraum.", bat Silke und im Lichtkegel sah sie einen kleinen Koffer im Fußraum stehen, ansonsten schien der Wagen leer zu sein.

Silke machte Fotos von allem und rief dann Marc erneut an. „Entschuldige bitte, dass ich so spät noch anrufe." „Ich kann dich nur schwer verstehen, stehst du draußen im Wind?" Silke bejahte und berichtete in kurzen Worten, was wir entdeckt hatten. „Das hätte ich mir ja auch denken können.", Marcs Stimme klang gespielt genervt. „Fasst nichts an, ich trommle den Trupp erneut zusammen und bin in einer Viertelstunde da. Am Ende des Sandwegs sagtest du?" Silke gab ihm den genauen Standort und legte dann auf. „Und? Ist er sauer?", fragte Andreas. „Nein.", lachte Silke, „Immerhin nehmen wir ihm ja auch seine Arbeit ab.", zwinkerte sie. Ich hatte mich nochmal zur Ladefläche begeben und roch erneut an den Duftmarken der fremden Hunde. Seltsam war, dass diese nicht um Umfeld des Transporters zu riechen waren, sie waren lediglich im Innern zu finden.

Silke rief nach mir und ich ging langsam zu ihr und Andreas, die sich in den Windschatten einiger Bäume gestellt hatten. Andreas hatte die Arme um Silke gelegt und wärmte sie etwas. „Dass das nicht zur Gewohnheit wird.", meinte er und sah zu Silke hinunter. „Keine Sorge, ich habe Siley, der mich wärmt.", neckte Silke den Tierarzt. „Komm näher, mein kleiner Schatz, stell dich zwischen uns, da bist du vor dem Schnee etwas geschützt." Ich drängte mich an Silkes Beine und lehnte meinen Kopf an ihr Knie. Der Wind wirbelte immer wieder Schnee in meine Augen und ich wünschte mich jetzt in mein Kuschelbett am Ofen. Als endlich Marc mit seinen Kollegen eintraf, ließ er sich genau erzählen, wie wir dank meiner Nase den Transporter gefunden hatten, bevor er uns nach Hause entließ. „Ich melde mich morgen früh bei euch.", versprach er beim Abschied.

Ich lief unserem verfrorenen Trupp mit flinken Schritten voran, wobei ich den längeren Weg über die Straße wählte, statt wieder über die Koppel zu stolpern. Keiner sprach, alle wollten nur schnell ins warme Haus, wo Silke Kakao für Andreas und sich machte und mir ein Schweineohr als Belohnung gab. „Du bist mein Held. Wärm dich schnell auf, ich mache dir gleich noch ein Körnerkissen." Glücklich trollte ich mich in mein Kuschelbett, wo ich das Schweineohr verputzte und dann die Wärme des Ofens genoss.

„Ich frage mich, warum der Tote ausgerechnet in meinem Stall gelandet ist... Wir wohnen auswärts gelegen und bei dem Schneefall kann das unmöglich der erste Platz gewesen sein." Silke sprach aus, was ich bereits vorher schon gedacht hatte, denn nach dem Verzehr meines Schweineohres hatte ich in meinem Hundebett gelegen und nachgedacht. Der Transporter auf dem Sandweg, wo nur selten Fremde hinkamen, der hatte mich stutzig gemacht. Der Mann aus unserem Stall war definitiv damit unterwegs gewesen, denn sein Geruch war stark gewesen. Ferner hatte ich eine läufige Hündin gerochen, obwohl ich als kastrierter Rüde nicht viel Interesse an weiblichen Kameraden habe. Was hatte der Mann dort gemacht? „Du bist der letzte Hof in der Straße.", Andreas sah aus dem Fenster, vor dem in der Dunkelheit die hellen Schneeflocken tanzten. „Das ist tatsächlich mysteriös."

Alles Überlegen brachte uns an diesem Abend nicht weiter. Silke saß der Schreck, eine Leiche im Stall vorgefunden zu haben, doch stärker in den Knochen, als sie wahrhaben wollte und sie fand keine Ruhe. Sie hockte sich zu mir und nahm mich fest in den Arm. Ich lehnte meinen Kopf an ihre Schulter und sah sie an. „Wir müssen auf uns aufpassen...", sagte sie und kraulte mir die Ohren, was mich zum wohligen Knurren brachte. „Die nächsten Tage habe ich kaum Termine, da ich wegen des Rohrbruchs bei mir mit Handwerkern sprechen muss. Wenn du möchtest, dann bleibe ich die Zeit über hier und halte die Augen auf." Der Tierarzt sah verlegen in seinen Teebecher, als er auf Silkes Antwort wartete. „Du brauchst das nicht zu tun.", sagte Silke, „Versteh mich bitte nicht falsch, aber du hast genug zu tun und das hier ist mein Problem." Andreas sah sie ernst an. „Ich möchte es aber, und das nicht nur, weil ich hier vorübergehend unterkommen kann, solange der Wasserschaden in meinem Haus nicht behoben ist." Er legte den Kopf leicht schräg und ich drückte meinen Kopf stärker an Silkes Schulter. Die Stille war fast schon laut, bis Silke Luft holte. „Na gut..." Andreas lächelte, „Meine Hilfe ist mit keinerlei Verpflichtungen verbunden, falls du das glaubst. Deine Unabhängigkeit ist dir heilig, das respektiere und das schätze ich auch an dir." Ich wedelte mit der Rute und freute mich, dass der Tierarzt bei uns war. „Siley scheint auch einverstanden zu sein.", grinste Silke. „Er weiß den Tierarzt auf dem Hof zu schätzen, darum schaue ich nun nochmal im Stall bei den Schafen nach dem Rechten." Er erhob sich und warf beim Hinausgehen noch einen Blick zurück auf Silke, die ein besonderes Lächeln auf dem Gesicht hatte.

3

Der nächste Tag war wolkenlos und die Sonne, die am strahlendblauen Himmel schien, ließ die dicke Schneedecke zu einem wundervollen Anblick werden. Die Luft war klirrend kalt und der Schnee knirschte, wenn man auf ihm lief. Silke hatte ihre Mütze tief in die Stirn gezogen und verteilte mit behandschuhten Händen das Heu auf der Koppel, damit die Schafe zu fressen hatten. „Die Damen können nun raus und frische Luft atmen.", sagte sie zu mir. Ich lief zum Stall und wartete darauf, dass Silke das Scheunentor öffnete, als meine Aufmerksamkeit nach links gelenkt wurde. Mit der Nase versuchte ich, den Schnee beiseitezuschieben, doch die leichte Frostschicht auf dem Schnee tat meiner Nase weh und so setzte ich die Pfoten ein. „Siley, geh zur Seite.", flüsterte Silke und schob mit ihren Handschuhen den Schnee vorsichtig weg. Sie blickte mich an und ich setzte mich stolz neben sie. „Du bist der Hammer.", lobte Silke mich und streichelte mir die Brust.

Marc Rohloff fuhr auf den Hof und hielt beim Aussteigen eine Tüte in die Luft. „Moin, Ihr Beiden.", begrüßte er uns lachend, „Ihr haltet mich aber mächtig auf Trab." „Was können wir dafür, wenn Ihr nicht richtig sucht.", scherzte Silke und umarmte den Kommissar freundschaftlich. „Komm mit. Siley hat es unter der Schneedecke gerochen. Es muss schon länger dort liegen, aber bei dem Wetter und der Aufregung, ist es uns entgangen." Marc folgte uns und machte Fotos, bevor er unseren Fund eintütete. „Wenn sich in der Spritze Curare finden lässt, dann handelt es sich um die Mordwaffe." „Ist die Autopsie schon beendet?" „Ja, und die Gerichtsmedizinerin hat eindeutig festgestellt, dass der Tote mittels Curare ermordet wurde. Sie hat eine Einstichstelle im Nacken gefunden und nach einigen Probeentnahmen, konnte sie das Gift eindeutig ermitteln." „Wisst Ihr auch schon, wer der Tote ist?" „Wir waren richtig fleißig und haben seine Identität feststellen können. Es handelt sich um Hinnerk Lohmann und hat seinen Hauptwohnsitz in Hengstforde und einen Zweitwohnsitz in Heringsdorf in Mecklenburg-Vorpommern." Silke sah in den Stall, in den die tief stehende Wintersonne hineinschien.

„Ich frage mich immer noch, wie und wieso er in meinem Stall gestorben ist." Ich lief in den Stall und sah in die Box, in der Hinnerk Lohmann gestorben war. „Ich habe dich doch richtig verstanden, dass Lohmann vor meinem Stall angegriffen und dann zum Sterben in die Box gegangen sein muss, oder?" Silke und ich sahen den Kommissar erwartungsvoll an. „Ja.", gab Marc als Antwort, „Lohmann hat keine Abwehrverletzungen, er hat mit seinem Angreifer demnach nicht gekämpft, sondern ihm wurde die Spritze von hinten in den Nacken gesetzt. Nach kurzer Zeit müssen die Lähmungserscheinungen eingesetzt haben. Laut Gerichtsmedizin muss er sich dann noch aus eigener Kraft in die Box geschleppt haben." „Marc, Siley und ich waren im Haus, ich habe Plätzchen gebacken, und wir haben nichts davon mitbekommen." In Silkes Stimme schwang Erschütterung mit. „Die Dosis war sehr hoch, die er an Curare bekommen hat, du hättest ihm nicht helfen können.", versuchte Marc Silke aufzubauen. „Dennoch... es hätte auch Siley treffen können, wenn er draußen herumgeschlendert und dem Täter in die Quere gekommen wäre." Ich leckte Silkes Hand, um sie zu trösten, sie machte sich immer so große Sorgen um mich.

Wir standen noch am Stall, als Andreas um die Ecke kam. „Moin.", grüßte er. Marc sah ihn erstaunt an. „Kommst du täglich?", fragte er den Tierarzt. „Andreas wohnt doch gerade hier, weil er einen erheblichen Wasserschaden durch marode Rohre hat.", erklärte Silke. Marc zog die Stirn in Falten, „Aha." „Kommst du noch auf einen Kaffee mit rein? Es sind noch Plätzchen da.", sagte Silke und verdrehte die Augen. „Gern.", nahm der Kommissar die Einladung an. Er blieb leicht zurück und wartete auf Andreas. Die beiden Männer unterhielten sich, als sie hereinkamen. „Wenn du mir die Telefonnummer geben könntest, dann wäre das super, ich kann derzeit die Kleintierpraxis auch nicht öffnen, das ist unpraktisch für mich, alle Patienten anzufahren." „Klar, warte, ich sende sie dir." Silke sah mich an, „Na sowas... erst komische Blicke und nun so...", lachte sie. „Wir können dich hören.", sagte Andreas, „Marc hat mir nur eine Telefonnummer von einem Handwerker gegeben, der die Reparaturen meiner Praxis und auch meiner Wohnung beschleunigen kann. Umso schneller bist du mich wieder los.", grinste er.

Der Kommissar winkte zum Abschied und Silke ging wieder ins Haus. „Alles in Ordnung?", fragte Andreas, der ihr nachdenklich gefolgt war, „Du warst so still beim Kaffee." Mich beunruhigt, dass auf meinem Hof ein Mord geschehen ist." Silke stand am Küchentisch und hatte die Kaffeebecher in der Hand. „Sind Siley, die Schafe und ich hier noch sicher?" „Silke, mach dir da bitte keine Sorgen. Marc ist sich sicher, dass der Mord in keinem Zusammenhang mit dir steht. Außerdem bin ich doch auch noch da und ich werde euch bestimmt nicht allein lassen, bevor der Täter gefasst und der Fall geklärt ist." Silke nickte und ich legte mich zufrieden in mein Bettchen.

Marc Rohloff rief am Abend auf Silkes Handy an. „Wir haben mehr über Hinnerk Lohmann herausgefunden. Er war mit einer IT-Firma selbstständig. Unsere Computerspezialisten versuchen gerade seinen Laptop zu knacken, allerdings hat Lohmann alles verschlüsselt. Ich gebe euch Bescheid, wenn wir mehr haben." Silke kniete sich vor mich und kraulte mir den Kopf. Sie bemühte sich, doch ich spürte ihre Sorge deutlich und drückte mich fest an sie. Es klingelte an der Tür und Silke zuckte zusammen. „Das ist nur der Pizzabote, ich habe mir erlaubt, für uns eine riesige Pizza mit allem Drum und Dran zu bestellen." Andreas lächelte verschmitzt und ging mit seinem Portemonnaie zum Tor. Als er zurückkam, hatte er sein Smartphone am Ohr. „Ich komme sofort. Lassen Sie sie in der Kiste, bis ich da bin." Der Tierarzt sah Silke an und legte den großen Pizzakarton auf den Küchentisch. Der herrliche Duft lockte mich aus meinem Bett und ich setzte mich vor den Tisch mit festem Blick auf den Karton. „Man hat eine Kiste mit fünf Welpen gefunden und sie beim Tierschutz abgegeben, da muss ich hin. Sie scheinen fast verhungert und zudem unterkühlt zu sein." Ich blickte zu Silke und wieder auf den Pizzakarton. „Ihr kommt mit.", sagte Andreas in einem Ton, der keine Widerworte duldete, „Ihr bleibt hier nicht allein." Nur ungern ließ ich mich von der verführerischen Pizza weglocken, der Speichel troff mir von den Lefzen. „Du bekommst nachher ein großes Stück ab.", versprach Andreas mir und reichte Silke mein Geschirr, damit sie es mir anzog, und dann fuhren wir mit Andreas Wagen vom Hof.

Beim Tierschutzhof angekommen, sprang ich aus dem Wagen und schnüffelte an jeder Ecke, so viele fremde Hunde hatten ihre Duftmarken hinterlassen. Silke pfiff nach mir und ich folgte ihr zur Tür. Andreas war schon in dem kleinen Vorraum und hatte sich über die Holzkiste gebeugt, in der die Welpen wimmernd lagen. Ich streckte mich etwas und schaute über den Kistenrand. Vor mir lagen fünf winzige zitternde Welpen, deren Anblick mir das Herz zerriss. Silke legte ihre Hand auf meinen Nacken und ihre Liebe zu mir floss durch meinen Körper. Als ich sie ansah, liefen ihr ein paar Tränen die Wangen herunter. Sie kniete sich neben mich und streichelte den Welpen vorsichtig mit einem Finger den Rücken. Sie drehten sich fast schon automatisch in die Richtung von Silkes Finger und ihr Jammern wurde leiser.

„Wir brauchen eine Wärmelampe und jede Menge Decken. Habt Ihr noch Welpenmilch da?" Andreas war professionell und blendete seine Gefühle bei den halbtoten Welpen aus. Die Frau vom Tierschutz verneinte. „Kannst du in meine Praxis fahren? Ich habe im Lager noch ein paar ungeöffnete Dosen mit Milchpulver für Welpen, bring alle mit. Da müssen auch noch große Spritzen und Gumminippel liegen. Bring alles mit, was du findest." Andreas reichte Silke seinen Wagenschlüssel und sie nickte. „Du bleibst bei Andreas.", wandte sie sich zu mir und gab mir noch einen Kuss, bevor sie losrannte.

Einer nach dem anderen der Welpen wurde von Andreas aus der Box geholt und untersucht. Ich roch an jedem einzelnen von ihnen und leckte sie kurz ab. Sie waren sehr kühl und hingen schlaff in Andreas Hand. „Sie sind in schlechtem Zustand. Wir müssen sie durch die Nacht bringen, dann kann ich mehr sagen." Er legte die Box mit den Decken aus, die ihm die Frau vom Tierschutz reichte. Dann richtete er die Wärmelampe auf das errichtete Deckennest und sah schweigend auf die kleinen Häufchen Elend. „Siley, ich bin nicht sicher, ob überhaupt einer von ihnen die Nacht überlebt.", sagte er zu mir. Ich versuchte, in die Box zu klettern. „Was hast du vor?"

Erneut bemühte ich mich, in die Box zu kommen und Andreas half mir, über die Kante zu kommen. Vorsichtig legte ich mich um die Welpen und schob sie mit den Pfoten an meinen Bauch. „Du bist ein toller Vater.", lobte mich Andreas und legte mir die Welpen ordentlich an meinen Körper.

Silke sah in die Box und lächelte. „Siley hat ein gutes Gespür, Körperwärme wird den Kleinen vielleicht helfen." Andreas hatte den Arm um Silke gelegt und die beiden sahen zufrieden aus. „Lass uns die Welpenmilch anrühren und versuchen, ob wir ihnen etwas einflößen können." Ich leckte immer wieder den Welpen den Bauch und über das Fell. Silke kam mit der ersten Spritze voller Welpenmilch zurück und nahm einen der Welpen wieder aus der Box. Sie wickelte ihn in ein Handtuch und öffnete mit dem Finger die kleine Schnauze des Welpen. „Nimm etwas davon, kleiner Zwerg, das gibt dir Kraft." Sie schaffte es, dem Welpen ein wenig Milch zu geben und legte ihn dann wieder zu mir. Andreas tat es ihr gleich und die beiden hatten alle fünf dazu bringen können, die Milch zu trinken. „Sie nehmen zu wenig auf, daher sollten wir jede Stunde Milch geben.", meinte Andreas. Die Frau vom Tierschutz hatte sich zurückgezogen und brachte Silke und Andreas belegte Brote und mir ein paar

Leckerlis. „Etwas anderes kann ich leider nicht anbieten." „Das ist lieb von Ihnen, danke schön, das ist perfekt so.", dankte Silke es ihr mit einem Lächeln.

Die Nacht war anstrengend, ich fand keinen Schlaf, ebenso wenig, wie Silke und Andreas. Stündlich fütterten sie die Welpen aus der Spritze und vier der Kleinen tranken irgendwann gierig aus der Spritze, nur einer wollte nicht. Andreas wühlte in seinem Arztkoffer und zog eine Flüssigkeit in eine Spitze auf. „Ich spritze ihm ein leichtes Schmerzmittel, vielleicht hilft es ihm." Als er den Welpen wieder in die Kiste zu mir legen wollte, nahm Silke ihn ihm ab und wickelte ihn in ein Handtuch. Dann öffnete sie den Reißverschluss ihrer Sweatjacke, legte den Welpen auf ihre Brust und zog den Reißverschluss wieder hoch, so, dass nur noch der winzige Kopf hinausschaute. Sie hielt ihn vorsichtig und strich ihm mit der Fingerspitze über die Wange. „Gib mir nochmal die Milch.", bat sie. Andreas beobachtete sie, wie sie immer wieder dem Welpen die Spritze zwischen die Lefzen schob. „Trink doch bitte, kleiner Schatz.", flüsterte sie. Sie wiederholte es wieder und wieder und dann begann der Welpe, zu schlucken und fing an zu saugen. „Ja, trink ordentlich, wir haben noch viel mehr davon.", flüsterte Silke weiter mit dem Welpen. Ich sah sie mit großen Augen an, in denen meine ganze Liebe zu Silke lag. „Gut gemacht.", sagte Andreas und lehnte sich zurück.

4

Ich war wie gerädert, als Silke mir am Morgen aus der Box half. Meine Knochen schmerzten vom langen Liegen mit den Welpen an meinem Körper, die mich nicht hatten schlafen lassen. „Komm her, mein Engel, Du hast dich so gut um die kleinen Racker gekümmert, nun kümmere ich mich erst einmal um dich." Ich legte meinen Kopf auf Silkes Schulter und roch an ihren Haaren, die nach Shampoo rochen und fühlte mich glücklich in ihren Armen. „Die Welpen, die allem Anschein nach, Labradore zu sein scheinen, auf jeden Fall ist Labrador mit drin, haben die Nacht gut überstanden. Sileys Körperwärme hat ihnen gutgetan und sie machen einen fidelen Eindruck." Andreas Augen leuchteten vor Freude, als er einen Welpen nach dem anderen aus der Box hob und begutachtete. „Das Schlimmste ist überstanden, dennoch müssen sie weiterhin alle zwei bis drei Stunden gefüttert werden und unter der Wärmelampe bleiben." Silke nahm mein Gesicht zwischen ihre Hände und drückte mir einen Kuss auf die Nase, „Du machst dich prima als Hundepapa." Mir knurrte der Magen und Silke ließ mich in den Hof des Tierschutzvereins, damit ich mein Geschäft verrichten konnte, während sie mein Essen anrichtete, das ich dann gierig verschlang. Nachdem auch Silke und

Andreas ein Brot gegessen und Kaffee getrunken hatten, gab Andreas der Dame vom Tierschutz noch einige Instruktionen für die Welpen und wir fuhren wieder nach Hause, wo die Schafe auf uns warteten.

Das Tor vom Hof stand weit offen und Silke hielt einen Augenblick lang die Luft an. „Halte an.", sagte sie und sah sich um. „Ich weiß genau, dass ich das Tor gestern verschlossen habe, bevor wir gefahren sind." Andreas ließ den Motor laufen und stieg aus. Er ging durch das geöffnete Tor und drehte sich dann mit einem breiten Grinsen wieder zum Wagen um. „Du wirst bereits erwartet.", flachste er und stieg wieder in den Wagen, um auf den Hof unter die Remise zu fahren. „Marc. Seit wann bist du schon da?", rief Silke dem Kommissar zu, der neben seinem Wagen stand. „Moin, habt Ihr den Weg nach Hause endlich gefunden? Ich habe schon ganz kalte Füße." Marc stapfte durch den Schnee zum Wohnhaus. „Da die Schafe im Stall geblökt haben, dachte ich mir, dass du nicht weit sein kannst, ohne die Schafe gefüttert zu haben." Silke erzählte Marc von den Welpen und er nickte immer wieder. „Es werden seit geraumer Zeit vermehrt Anzeigen gegen Welpenhändler gestellt, doch wir können da nicht viel machen, da wir derer nicht habhaft werden. Die Leute kaufen Welpen aus dem Kofferraum, oftmals auch nur aus Mitleid und nicht nur, weil der Preis günstiger ist als vom eingetragenen Züchter." Der Kommissar verdrehte die Augen. „In der Tat, die neuen Hundebesitzer kommen dann mit den kranken Welpen, die viel zu früh von den Müttern und Geschwistern getrennt werden." Andreas schnaubte wütend. „Die vier Welpen, die man in einer Box bei klirrender Kälte ausgesetzt hat, sind doch ein gutes Beispiel. Die Leute wollen zu Feiertagen gern einen Welpen, machen sich vorher nur keine Gedanken, welche Verantwortung man mit einem Tier übernimmt. Und dann gibt es noch die Menschen, die gern einmal einen Wurf zu Hause hätten. Wenn sie die Welpen dann nicht loswerden, landen sie leider oft am Ende im Tierheim." Der Tierarzt war wütend, das sah man deutlich. „Versteht mich nicht falsch, ich gönne jedem einen Hund oder auch mehr, denn man kann von den Tieren viel lernen und sie tun einem gut. Es gibt auch wirklich viele Leute, die ihre Tiere super behandeln und alles für sie tun. Tiere brauchen jedoch mehr Rechte, damit die schwarzen Schafe nicht mehr mit ihnen machen können, was sie wollen, ohne mit großen Strafen rechnen zu müssen." Silke nickte zustimmend und rief dann aus, „Die Schafe! Sie hatten noch immer kein Futter!" Dann rannte sie zum Stall und versorgte die sieben Damen, während Andreas die Hühner fütterte.

Marc wartete vor der verschlossenen Tennentür, bis beide wiederkamen und sah mich an. „Du hast es schon gut hier." Ich wedelte freudig mit der Rute, da ich das durchaus wusste, wie gut es mir bei Silke geht.

Der Kaffee wärmte alle wieder auf und endlich kam der Kommissar dazu, den Grund seines Besuches anzusprechen. „Diese Warterei auf euch werde ich mir als Überstunden notieren.", lachte Marc. „Dann möchtest du also kein Plätzchen zum Kaffee? Wo du doch dienstlich hier bist...", scherzte Silke und setzte sich, nachdem sie den Teller mit den Plätzchen auf den Tisch gestellt hatte. „Also... Stefan, unser IT-Tüftler hat heute Nacht die E-Mails von Hinnerk Lohmann entschlüsseln können. Unser Toter hatte sich mit einem Welpenhändler aus Polen ausgetauscht und einen Termin am Tag vor seinem Mord mit ihm ausgemacht, hier in Augustfehn." Marc genoss die Stille und lehnte sich in seinem Stuhl zurück. „Moment... dann ist der Tote im Welpenhandel hier in Augustfehn tätig?" Silke war entrüstet, doch, bevor sie fortfahren konnte, was sie davon hielt, hob Marc die Hände. „Ja, aber nun haltet euch fest. Lohmann hatte engen Kontakt zum Tierschutz im Osten Deutschlands. Ich habe vorhin den Leiter der Organisation nahe der polnischen Grenze telefoniert. Er kannte Lohmann persönlich und war geschockt, dass er tot ist. Lohmann war Mittelsmann für die Tierschutzorganisation, er hatte durch seine eigene Firma wohl zufällig eine Seite entdeckt, wo Welpen wie warme Semmeln angeboten worden waren und sich dann eine Wohnung in Heringsdorf angemietet, um vor Ort Erkundigungen einzuziehen. Dabei hatte er vor einem halben Jahr dann Herrn Wilmes kennengelernt, den Leiter der Tierschutzorganisation, und sich angeboten, dass er sich als Welpenhändler in Deutschland ausgeben wollte, um so in Kontakt mit den polnischen Vermehrern zu treten. Die Polen wollten ihm Welpen liefern, man kann da anscheinend richtige Bestellungen aufgeben."

Andreas war aufgestanden und lief in der Küche hin und her. „Dass der Welpenhandel schlimm und kriminell ist, das war mir ja seit langem bekannt, aber dass es solche Formen an sich hat, das haut mich um." Silke saß schweigend da, sie hatte Tränen in den Augen. „Ich habe schon des Öfteren gehört, dass Leute einen Hund wollen, den nicht jeder hat und gern einen Rassehund mit Ahnentafel für einen Schnapperpreis. Mich selbst stört es auch, wenn Welpen unerschwinglich sind, aber genau das scheint ja wohl die Welpenproduktionen auch noch anzukurbeln. Bisher habe ich darüber nie so intensiv nachgedacht, nehme ich doch die älteren Tiere, die keiner mehr will, aber der Tote in meinem Stall macht mich wütend." Silke kam zu mir und nahm mich fest in die Arme. „Ich habe zwar keinen Hund, aber was mir Herr Wilmes berichtet hat, war für mich schlimm zu hören." Marc Rohloff war mit Silke und Andreas einer Meinung. „Nur, wieso starb Lohmann in meinem Stall? Weit weg von Polen?" „Bisher habe ich da noch nicht mehr als Vermutungen, bin aber mit den Kollegen aus Mecklenburg-Vorpommern vernetzt und warte auf deren Ermittlungen in Heringsdorf. Herr Wilmes meinte, dass der Welpenhandel mafiaähnliche Strukturen habe und Lohmann weit in das Netz hineingedrungen ist. Es geht dabei um sehr viel Geld und Lohmann wird irgendeinem der Vermehrer zu nah gekommen sein. Das ist meine Meinung und in diese Richtung will ich weiter ermitteln."

Silke sah Andreas an, der mit den Schultern zuckte und dann leicht den Kopf schüttelte. Ich konnte sehen, was Silke dachte, und spürte ein Kribbeln im Bauch. Marc verabschiedete sich nach seinem Bericht und zog sich die Mütze tief in die Stirn, bevor er aus der Tennentür trat, um zu seinem Wagen zu laufen. Silke schloss das Einfahrtstor hinter ihm und kam schnell wieder in die Küche. „Es schneit wieder.", stellte sie fest und setzte sich.

Andreas hatte Kaffee nachgeschenkt und sah Silke an. „Das sind aber viele Welpen derzeit...", begann er, „Das ist doch kein Zufall." „Da stimme ich dir zu. Marc scheint keinen Zusammenhang zwischen unseren Welpen und Lohmann zu sehen." „Wir sehen das anders, oder?" Andreas legte den Kopf leicht auf die Seite. „Ja. Lohmann findet in meinem Stall den gewaltsamen Tod, kurze Zeit später wird die Kiste mit den fast verhungerten Welpen gefunden, das kann kein Zufall sein. Wir sollten mit Siley die Stelle, wo die Box gefunden wurde, ablaufen, seine feine Nase kann uns sicher helfen, herauszufinden, woher die kleinen Labbis gekommen sein könnten." Ich hatte mich neben Silke gesetzt und hechelte erfreut, endlich gab es einen Ansatz.

5

Mit unserem Wagen fuhren wir zu der Stelle, wo man die kleinen Labbi-Welpen in der Holzkiste gefunden hatte. Ich kannte diesen Ort noch nicht und drehte mich im Kofferraum aufgeregt im Kreis. „Gedulde dich noch etwas, ich muss erst sehen, wo ich den Wagen drehen kann, damit wir nachher auch wieder wegkommen.", bat Silke mich. Sie wendete in einer schmalen Wiesenzufahrt. Der Schnee ließ unseren Wagen ins Rutschen kommen, doch Silke schaffte es, dass unseren Wagen so zu parken, dass er wieder in Fahrtrichtung nach Hause stand. Ungeduldig wartete ich darauf, dass Silke den Kofferraum öffnete und sprang in einem hohen Bogen in den Schnee. Ich versackte bis zum Bauch darin und hatte Mühe, mich wieder zu befreien. „Du siehst ja lustig aus.", lachte Silke und ich schüttelte fröhlich den Schnee von meiner Nase. Andreas ging uns voran zu der Stelle, die man ihm beschrieben hatte. „Hier muss es gewesen sein. Andere Hundebesitzer, die hier spazieren gegangen waren, haben die Box zufällig unter dem Schnee entdeckt, weil die Welpen lautstark gejammert hatten." Vorsichtig ging ich ins Unterholz. Andreas und Silke blieben stehen und sahen mir nach.

Der Geruch der Welpen war ganz stark, sie hatten große Angst gehabt, das roch ich deutlich. Mit den Pfoten schob ich den Schnee zur Seite und versuchte, herauszufinden, wohin die Spur führte, die ich neben der Stelle erschnüffelt hatte, wo die Box versteckt worden war. Unter der oberen Schneedecke war eine deutliche Fußspur, der ich durch das Gebüsch folgte. Silke suchte sich einen Weg links von mir und folgte mir. Andreas sah sich noch kurz um, lief uns dann aber auch nach. „Hat er eine Spur?" „Ja, ganz deutlich, wir folgen ihm nun einfach." Ein Knacken rechts von mir, ließ mich innehalten. Silke hob die Hand und Andreas blieb dann auch stehen. „Was ist?", flüsterte er. „Da war ein Geräusch. Siley hat es auch gehört." Ich drehte die Ohren, um genauer zu lokalisieren, woher das Knacken gekommen war, doch ich schien mich getäuscht zu haben und wollte gerade die Nase wieder auf meine Fährte lenken, die mich Richtung Hauptstraße führte, als ich erneut ein leises Knacken hörte. Meine Sinne waren angespannt und ich sog ganz tief die Luft um mich herum ein.

Silke hielt Andreas am Arm zurück, der an ihr vorbeilaufen wollte. „Warte." Vor mir sah ich einen hellen Fleck im Unterholz und ich näherte mich diesem. Große traurige Augen sahen mich aus dem Gebüsch an und ich näherte mich mit gesträubtem Nackenhaar, bis ich erkannte, dass von dem Hund vor mir keine Gefahr ausging. Mit einem Bellen gab ich Silke zu verstehen, dass sie zu mir kommen sollte. Sie verstand sofort und kam in geduckter Haltung durch den Schnee. „Siley, geh nicht zu dicht ran.", ermahnte Silke mich, doch ich begann mit der Rute zu wedeln und trat nah an den Hund heran. Es war eine gelbe Labradorhündin, die offensichtlich unterkühlt und erschöpft war. Die Hündin drehte sich auf den Rücken und genoss, als ich ihr über die Schnauze leckte. „Komm hier rüber.", rief Silke Andreas zu, „Siley hat eine Hündin gefunden, die deine Hilfe braucht." Der Tierarzt kniete sich neben uns und streichelte der Hündin über den Bauch. „Sie hat vor kurzem noch Welpen gesäugt.", stellte er fest. Silke sah Andreas an, „Dann ist sie das Muttertier der Welpen?" Silkes Frage war mehr eine Feststellung und sie zog sich ihre Handschuhe aus, um den gelben Labrador zu streicheln. „Das ist kein Zufall, dass sie hier kauert, sie sucht ihre Welpen." Silke hatte Tränen in den Augen, als sie sprach.

Ich bemühte mich, die Hündin aus dem Unterholz zu locken, doch sie war zu schwach, um aufzustehen. „Wir müssen sie zu mir bringen.", Silke bat Andreas, die Hündin auf den Arm zu nehmen und zum Wagen zu tragen. Er nickte und hob sie vorsichtig auf. „Das arme Wesen ist völlig ausgehungert. Sie muss in den letzten Tagen durch die Hölle gegangen sein." Auf dem Weg zu unserem Wagen behielt mich die Hündin stets im Blick und ich blieb dicht neben Andreas, der sie dann zu mir in den Kofferraum legte. Sie ließ alles klaglos mit sich machen.

Silke hatte Holz im Ofen nachgelegt und Andreas bettete die Hündin in mein Hundebett. „Sie braucht Wärme.", meinte der Tierarzt zu mir gewandt. Ich legte meinen Kopf auf den Rand des Hundebettes und betrachtete die Hündin. Sie hatte sich ergeben hingelegt und ließ sich von Andreas untersuchen. „Sie ist nicht gechipt, daher wird es schwierig, herauszufinden, wem sie gehört." Silke hatte inzwischen Hundefutter mit warmem Wasser verrührt und reichte der Hündin den Napf. Sie sah mich an und erst, als ich ihr den Napf mit der Nase näher hinschob, begann sie zu fressen. Erst vorsichtig, dann jedoch verschlang sie gierig das Futter. Nachdem sie den Napf geleert hatte, sah sie sich zum ersten Mal um, ihre Lebensgeister schienen wieder geweckt. „Wir müssen sie schnellstens mit den Welpen zusammenführen." Andreas rief die Tierschützerin an, damit diese die Welpen zu uns bringen sollte. „Es ist das Beste, wenn die Hündin mit ihren Welpen erstmal bei Frau Lüttmann bleibt, da kann ich sie besser im Blick behalten." Die Dame vom Tierschutz wollte sofort losfahren und Silke bereitete alles vor, damit die vier Welpen für eine Zeit bei uns bleiben konnten.

Während Andreas seine Tierarztkollegen anrief, um herauszufinden, woher die Hündin kommen könnte, blieb ich bei der hübschen Labradordame. „Verlieb dich nicht zu sehr, wir können sie nicht behalten.", warnte Silke mich und lächelte mich an. Kurze Zeit später kam die Tierschützerin mit den vier Welpen in einer Tragebox zur Tennentür herein. Die Hündin sprang aus dem Hundebett und überschlug sich vor Freude, dass sie ihren Nachwuchs wieder bei sich hatte. Die Küche war erfüllt von Fiepen, Winseln und Liebe. „Das erfüllt mich jedes Mal mit Glück, wenn ich sehe, wie sich eine Hundemutter über ihre Welpen freut." Andreas sprach aus, was alle dachten, „Wie kann man mit Hündinnen nur so umgehen?" „Bis geklärt ist, wem die Hündin gehört, kann sie erstmal hierbleiben. Dann sehen wir weiter." Nachdem die Tierschützerin wieder gefahren war, saßen Silke und Andreas am Esstisch und sahen zu der kleinen Familie, die im Hundebett kuschelte.

Marc Rohloff erschien eine gute halbe Stunde später und sah erstaunt in das Hundebett. „Wo habt Ihr denn das

Muttertier gefunden?" Silke erzählte ihm, wie ich sie im Unterholz gefunden hatte. „Dann ist der Fall ja geklärt. Ich fahre morgen nach Heringsdorf und treffe mich dort mit einem polnischen Kollegen. Wir sind uns sicher, dass wir einen Tatverdächtigen ausfindig gemacht haben." „Nimm es mir nicht übel, aber ich denke, dass der Mörder sich noch hier im Ammerland befindet." Marc lächelte großzügig. „Ich sehe das anders. Das mit den Welpen scheint mir ein Zufall zu sein und es wird sich sicher schnell aufklären, wem die Hündin mit dem Wurf gehört." Andreas trat Silke unter dem Tisch vor das Schienbein, als sie widersprechen wollte. Ich blickte von einem zum anderen, doch Marc war sich seiner Sache sicher und so fuhr er dann nach dem Tee ab.

Silke zündete die zweite Kerze am Adventskranz an. „Marc verrennt sich...", meinte sie und ich stimmte ihr mit einem kurzen Bellen zu. „Das sehe ich auch so, aber er hat uns nicht zuhören wollen, daher lass ihn. Wir suchen morgen nochmal nach der Fährte, wie die Box ins Unterholz gekommen sein muss. Die Welpen wurden definitiv ausgesetzt. Und ich denke, dass es kein Zufall ist, dass Lohmann ganz in der Nähe von der Stelle, an der sie ausgesetzt wurden, ermordet wurde." Silke reichte mir einen großen Kauknochen, „Hier, mein Engel, den hast du dir mehr als verdient. Du hast die kleine Familie wieder zusammengeführt, ohne dich hätten wir die Hündin nicht entdeckt." Ich nahm den Knochen stolz und kaute ihn genüsslich vor dem Ofen, während Silke sich um ein gemütliches Adventsabendessen kümmerte. „Heute wollen wir die Weihnachtzeit auch einmal genießen.", grinste sie und ich fühlte mich in diesem Moment großartig und unbeschreiblich glücklich mit Silke.

6

Als das Telefon klingelte, schrak ich aus meinen Träumen hoch. Silke suchte ihr Smartphone in der Küche und als sie es fand, hatte das Klingeln bereits aufgehört. Sie sah auf das Display und ich erkannte, dass der Anruf sie nicht erfreute. „Das war Rainer.", wandte sie sich an mich. Ich legte eine Pfote auf die Nase und legte den Kopf schief. Rainer war schon länger nicht mehr zu Besuch bei uns gewesen. Silke und er hatten sich gestritten, als wir damals den Fall von Andreas Motorradfreund gelöst hatten. Andreas stand in seinem Arbeitsoverall in der Tennentür. „Alles in Ordnung?" „Ja. Das war Rainer." „Was wollte er denn?" „Ich weiß es nicht, ich war zu langsam gewesen." „Ruf ihn doch zurück." Andreas zwinkerte Silke zu. „Lust habe ich nicht... aber... wir waren doch recht lange bekannt miteinander." „Mach das mal, ich fahre jetzt los in meine Praxis, der Handwerker, den mir Marc empfohlen hat, kommt heute." Der Tierarzt winkte Silke zum Abschied und dann hörte ich ihn mit seinem Kastenwagen vom Hof fahren.

Rainer meldete sich, „Kaiser." „Ja, ich bin es." „Hey, schön, deine Stimme zu hören." Silke sah mich an und strich mir über den Rücken. Ich merkte, dass sie wenig Lust hatte, dieses Gespräch zu führen. „Du hattest angerufen.", sagte sie wortkarg. „Ich wollte nur mal hören, wie es dir geht. Marc ist mir letztens im Supermarkt über den Weg gelaufen und er hat mir erzählt, dass der Tierarzt nun bei dir wohnt..." Es herrschte einen Moment Stille. „Andreas ist bei mir untergekommen, weil er einen immensen Wasserschaden an seinem Haus hat und derzeit dort nicht wohnen kann." „Ach so." „Rainer, das mag bei anderen funktionieren, aber bei mir nicht. Wenn du wissen willst, ob zwischen Andreas und mir etwas läuft: Nein." „Es geht mich ja auch nichts an." „Das auch, aber die Antwort ist Nein. Er und ich, wir verstehen uns super und er neigt nicht zur Eifersucht wie du." Meine Nackenhaare kribbelten, Silkes Unmut übertrug sich auf mich. „Marc sagte auch, dass Ihr an einem neuen Fall arbeitet." Rainer versuchte, das Thema zu wechseln. „Zwangsläufig, da der Tote in meinem Stall aufgefunden wurde." Die Unterhaltung entspannte sich ein wenig und nach ein paar Minuten verabschiedeten die beiden sich. „Puh, das war anstrengend. Immer wieder diese unterschwelligen Vorwürfe und das Besserwissen..." Silke schüttelte sich und stand dann auf. „Komm, wir gehen zu den Schafen."

Marc kam kurz nachdem wir im Stall waren, vorbei. „Hallo, ich wollte nur eben Tschüss sagen." „Willst du wirklich nach Heringsdorf fahren? Im Osten ist noch weit mehr Schnee als hier." „Unbedingt, die Kollegen aus Polen haben einen Tatverdächtigen, den wir gemeinsam uns vorknöpfen wollen." Der Kommissar war sichtlich aufgeregt. „Fahr vorsichtig und melde dich bitte, wenn du angekommen bist." „Das mache ich, versprochen."

Silke und ich gingen in den Stall zurück und kümmerten uns um die Schafe. Mein Lieblingsschaf Lissy stupste mich an, um mich zum Toben aufzufordern und wir tollten ein wenig in der Boxengasse herum. „Ihr beiden...", lachte Silke und warf etwas Heu nach uns. Ich bellte übermütig und rannte die Gasse auf und ab, während Lissy mich verfolgte. Als Silke mit dem Kraftfutter aus der Futterkammer kam, wandte sich Lissy umgehend Silke zu und versuchte, als erste den Kopf in den Eimer zu stecken. „Es ist genug für alle da.", sagte Silke und hob den Eimer hoch. Die anderen sechs Schafdamen warteten geduldig, bis sie ihren Anteil bekamen, und als sie fraßen, setzten Silke und ich uns in die Box. „Irgendwie ist es immer noch ein komisches Gefühl, dass ein Toter in unserem Stall gelegen hat..." Silke nahm mich in den Arm und gab mir einen Kuss auf die Nase.

„Steiner.", meldete sich Andreas, als sein Smartphone klingelte. „Ach, Marc, du bist es. Warte, ich mache auf Lautsprecher, dann kann Silke mithören." „Ich konnte dich nicht erreichen.", sagte der Kommissar zu Silke. „Ach, mein Handy liegt wohl im Stall." „Wie laufen die Ermittlungen?" Andreas war sichtlich neugierig. „Der Fall scheint gelöst." In Marcs Stimme klang ein stolzer Unterton mit. „Mit den polnischen Kollegen haben wir einen Tatverdächtigen verhaften können. Es handelt sich um einen Polen, der bereits mehrfach wegen Welpenhandel auffällig geworden war und der auch wegen wiederholter Körperverletzung vorbestraft ist." Silke sah Andreas an, doch an ihrem Gesicht war deutlich zu erkennen, dass sie Zweifel hatte. „Das ist doch super.", meinte Andreas und zuckte die Schultern. „Ja, der Fall ist schnell gelöst gewesen. Morgen komme ich wieder nach Hause. Der Staatsanwalt wird in den nächsten Wochen Anklage erheben, dann müsstet Ihr eventuell als Zeugen hierherkommen und aussagen." Als Marc aufgelegt hatte, schnippte Silke mit den Fingern, damit ich zu ihr komme. „Was meinst du dazu?", fragte sie mich. Ich legte den Kopf auf die Seite und gähnte. „Du glaubst doch auch nicht, dass der Fall schon erledigt ist, oder?" Ich gab ein knurrendes Geräusch von mir, um Silke meine Zweifel auszudrücken.

Andreas hatte seine Jacke angezogen. „Ich würde gerne die Hündin mit ihren Welpen im Stall einquartieren. Dort hat sie mehr Ruhe, denke ich." Silke und ich schauten zu der Welpenbox, wo die Hündin stark hechelte. „Sie kennt das Leben im Haus vermutlich nicht und, wenn wir eine Box gemütlich einrichten, dann könnte sie Ruhe finden." Silke nickte und ich folgte den beiden in den Stall. Eine halbe Stunde später hatten die beiden viele Decken in eine leere Box drapiert und Silke hatte ein altes Hundebett von mir vom Speicher geholt, auf das sich die Labradorhündin einrollte. Sie schob sich die Welpen an ihren Körper und leckte sie der Reihe nach ab. „Lass uns noch die Wärmelampe hinhängen, dann sind wir fertig." Draußen war es dunkel geworden und es schneite erneut stark. Ich blinzelte, als ich aus dem Stall kam, weil mir Schneeflocken in die Augen flogen. „Komm schnell rein.", rief Silke mir zu und ich folgte ihrer Stimme zum Wohnhaus. Nun, wo die Hündin mit den Welpen im Stall untergebracht war, den Andreas verriegelt hatte, war es wieder ruhig im Haus und ich bezog mein Hundebett am Ofen, um zu schlafen.

„Marc hat nochmal angerufen. Sein Tatverdächtiger ist wieder auf freiem Fuß, er hatte ein Alibi." Silke sprach mit Andreas beim Frühstück über den Anruf des Kommissars, der sich an diesem Tag auf den Rückweg nach Hause machen wollte. „Dabei war er so siegessicher.", stellte

Andreas fest. „Marc klang auch wenig fröhlich. Aber er hat in der Wohnung von Lohmann noch Ausdrucke von Mails finden können, aus denen hervorgeht, dass unser toter Tierschützer sich mit jemandem hier in Augustfehn treffen wollte, um hier ein Welpengeschäft aufzuziehen." „Lohmann hat sich damit sehr weit in die Szene hineingewagt...", stellte Andreas fest. „Letztendlich hat es ihn das Leben gekostet." Die beiden schwiegen eine Weile und ich dachte über ihre Worte nach. Für mich passte das alles noch nicht ganz zusammen.

Der Tierarzt sah nach der kleinen Hundefamilie im Stall und Silke brachte der Hündin einen Napf voll mit Futter. Sie dankte es ihr, indem sie Silke die Hand leckte und sich dann gierig über das Nassfutter mit Haferflocken hermachte. „Die Welpen haben sich gut erholt." Andreas war zufrieden. Ich lag in der Boxentür und beobachtete Silke, wie sie mit den Welpen hantierte und spürte ein wenig Eifersucht. „Hey... Siley, mein Schatz, mach dir keine Gedanken, das sind nur Gäste, du bist meine Nummer eins und bleibst es auch." Ich wedelte leicht mit der Rute und drehte mich auf den Rücken. „Komm her, du Räuber, du bist doch fast der Vater der Welpen.", zwinkerte Silke mir zu und ich drängelte mich dicht an sie. Die Hündin sah mich freundlich an und ich schämte mich für meine Gedanken, dass Silkes Liebe zu mir nachlassen könnte.

7

Ein lautes Knallen weckte mich und ich saß sofort aufrecht in meinem Kuschelbett. Silke war in der Waschküche und summte Weihnachtslieder vor sich hin, sie hatte nichts mitbekommen, während sie sich ihre warmen Sachen anzog, da sie Mist fahren wollte. Ein erneutes Scheppern ertönte und ich lief langsam zur Tennentür, die nur angelehnt stand, da Andreas den Bewegungsmelder reparierte und immer rein und raus lief. Mit der Nase stieß ich die Tennentür auf und schlich mich aus dem Haus. Der Schnee hatte nachgelassen und ich sah, dass das Scheunentor weit aufstand und durch den scharfen Ostwind hin und hergeschwungen wurde, wodurch dieses laute Knallen entstand, wenn das Tor zuschlug. Vorsichtig ging ich vorwärts, mein Körper war angespannt. Im Stall hörte ich die Schafe aufgeregt blöken und schlich mich geduckt zum Stalltor. Im Stall stand ein Mann, der in die Boxen schaute.

Ein tiefes Knurren kam aus meiner Kehle und der Mann drehte sich erschrocken um. Ich hatte mich im Scheunentor aufgebaut, meine Nackenhaare standen entlang des gesamten Rückens hoch aufgerichtet und meine Rute wedelte aufgeregt und hoch erhoben. Der Mann schnappte sich die Forke, die in der Stallgasse lehnte und kam bedrohlich auf mich zu. Ich blieb wild knurrend stehen und als er nach mir zu schlagen versuchte, bellte ich lautstark und wütend. Die Forke verfehlte mich, da ich angefangen hatte, hin und her zu rennen, um den Einbrecher zu verwirren. Mein Bellen hatte Andreas alarmiert, der vom Haus aus nach mir rief. Ich bellte weiter und konnte den Mann noch am Arm erwischen, als er sich davonmachen wollte. Er ließ die Forke mit einem Aufschrei fallen, denn meine Zähne bohrten sich durch seine Jacke in seinen Arm. Der Mann schüttelte mich ab und ich fiel auf den Boden, schüttelte mich kurz und setzte an, um den Mann zu verfolgen.

Andreas sah den Einbrecher aus dem Stall rennen und überlegte kurz, doch dann griff er mit beiden Armen nach mir, damit ich stehenblieb und nicht dem Mann nachjagte. „Siley, NEIN! Bleib stehen!", rief der Tierarzt. Ich versuchte mich aus seinem Griff zu winden, doch Andreas hielt mich fest. Wütend und in Rage sah ich ihn an und dann gelang es mir, aus den Armen des Tierarztes zu schlüpfen. Einen kurzen Moment blickte ich mich um, dann sah ich den davonlaufenden Mann am Ende der Koppel, er hatte inzwischen einen Vorsprung, da mich Andreas aufgehalten hatte. Ich sprang los und rannte durch den dicken Schnee. Der Mann vor mir blickte sich immer wieder um, er hatte bemerkt, dass ich ihm nun folgte und er wurde schneller. Hinter mir hörte ich Andreas nach mir brüllen, „SILEEYY!", aber ich reagierte nicht drauf. Silke hatte die Aufregung bemerkt, da sie auf dem Weg zum Stall gewesen war, um Mist zu fahren. Sie suchte mich und als sie mich entdeckt hatte, rannte sie los zum Abdach. Andreas stand vom Boden auf und sah dem Mann und mir nach und dann wieder zum Stall. Er war hin und hergerissen, was er tun sollte.

Der alte Schlepper gab ein lautes Fauchen von sich, als er startete und ich warf einen Blick zurück. Silke fuhr den alten Mc Cormick unter dem Abdach vor und steuerte ihn von der Koppel zum Sandweg. Der alte Diesel wühlte sich durch den Schnee und Silke holte gut auf. Sie gab mir Zeichen, dass ich mich seitlich halten sollte. Ich verstand, was sie vorhatte, und bog zwischen die Bäume ab. Dort konnte ich dann auch wieder besser laufen, da der Schnee den Boden zwischen den Bäumen nicht so hoch bedeckte. Der Mann hatte den Trecker nun auch bemerkt und sah sich immer wieder um. Mich konnte er zwischen den Bäumen nicht sehen und ich war fast auf einer Höhe mit ihm, als ich vor mir sah, dass ein Geländewagen im rasanten Tempo den Sandweg hinauffuhr und dann rechts abbog. Silke hatte den Wagen ebenfalls gesehen und ich erkannte, dass sie ärgerlich darüber war, dass der große Geländewagen nach wenigen Minuten verschwunden war.

Am Ende des Sandwegs angelangt, hatte ich den Mann aus den Augen verloren, da ich mich von dem Geländewagen ablenken lassen hatte. Auch Silke hatte den Einbrecher aus dem Stall nicht mehr im Blick, sie bremste und pfiff nach mir. Ich stoppte und sah mich um. War der Mann etwa mit dem Geländewagen abgehauen? Von links sahen Silke und ich Scheinwerfer auf uns zukommen. „Hier ran!", rief Silke mir zu und ich trabte zum Schlepper, um neben ihm her zu laufen. „Das ist Andreas, er muss andersherum gefahren sein.", erkannte Silke und zeigte mit dem Finger auf den Kastenwagen vor uns. Andreas sprang aus seinem Wagen und kam auf Silke zu. „Wo ist er?" „Hast du den Geländewagen noch gesehen? Ich bin nicht sicher, ob er damit fliehen konnte." Silke sah sich im Gelände um. „Nur warum parkt er ganz hier, um den weiten Weg durch den Schnee zum Hof zu laufen...", überlegte Silke laut.

Eine Bewegung rechts von uns ließ mich aufspringen. Der Mann war noch da, er hatte sich versteckt und versuchte nun wieder loszurennen. Doch ich war dieses Mal schneller und sprang ihn von hinten an, sodass er lang in den Schnee fiel. Der Mann wehrte mich mit erhobenen Händen ab. Silke war vom Trecker gesprungen und stürzte sich mutig auf den Mann am Boden. Andreas brauchte einen Moment, bis er realisiert hatte, was geschah, dann packte er den Mann am Arm und zog ihn hoch. Ich knurrte böse und fletschte immer wieder die Zähne, damit der Einbrecher gar nicht erst wieder auf dumme Ideen kam. „Was wolltest du in meinem Stall?" Silke sah den Mann finster an. „Spuren deines Mordes verwischen?" Der Mann zuckte zusammen, als Silke ihn ansprach. „Ich habe niemanden ermordet!", beteuerte er. „Was wolltest du dann bei mir im Stall?" „Ich sollte nur den Hund holen. Man hat mir 500,00 Euro dafür geboten, den Hund aus dem Stall zu holen. „Welchen Hund meinst du?" „Nicht den da.", sagte der Mann und zeigte auf mich, „... den anderen, der in der Box untergebracht ist." „Wer hat dir das Geld geboten? Wem sollst du den Hund bringen?" „Ich kenne den nicht näher. Ab und zu mache ich ein paar Handlangerjobs für jemanden, den ich beim Zocken kennengelernt habe. Mehr nicht. Was ist schon dabei, wenn ich dem seinen Hund wiederbringe." Der Mann wurde mutiger und sah Silke feindselig an. „Wenn es sein Hund ist, dann kann er klingeln und danach fragen. Was hat er dir denn für den Mord gegeben?" „Ich habe nichts mit einem Mord zu tun!" „Ja, ja, das wird die Polizei klären." Im gleichen Moment hörten wir das Martinshorn eines Polizeiwagens. Der Mann sackte in sich zusammen. „Dein Auftraggeber hat dich hier stehengelassen, oder?" Der Mann sah sich immer wieder um und seine Verzweiflung stand ihm deutlich ins Gesicht geschrieben.

Die Polizeibeamten nahmen den Einbrecher in Gewahrsam und baten Silke und Andreas, später zum Präsidium zu kommen, um ihre Aussage zu machen. Silke sah dem Streifenwagen nach. „Das war seltsam...", überlegte sie. „Und gefährlich!", begann Andreas, „Du kannst doch nicht einfach hinter jemanden herfahren, ohne zu wissen, ob derjenige bewaffnet ist." Silke sah mich an und zwinkerte mir zu. „Ich muss doch Siley beschützen." Andreas schüttelte sprachlos den Kopf. „Fälle lösen ist das eine, aber sich in Gefahr bringen das andere." Er stand vor Silke und hielt sie an den Schultern. „Erst rennt Siley los und dann stürmst du auf den Schlepper und jagst ihm und dem Einbrecher nach. Was wäre gewesen, wenn er nun eine Waffe gehabt hätte?" „Du hast ja recht, aber seine Körpersprache war deutlich, der Mann hatte mehr Angst als wir." Andreas hielt sich die Hand an den Bart, dann musste er plötzlich lachen. „Ihr seid doch irre!" „So, Siley, nun hat er es auch verstanden...", grinste Silke. „Los, wir müssen nach den Welpen schauen." „Die

Welpen!", rief Andreas aus. Silke stieg wieder auf den Schlepper und ich durfte bei Andreas in den Kastenwagen einsteigen. Meine Muskeln waren etwas übersäuert nach dem anstrengenden Lauf durch den hohen Schnee.

Vor uns fuhr Silke auf dem Mc Cormick, Andreas tuckerte langsam hinter ihr den Sandweg her, als Silke auf die Bremse trat. Sie sprang wieder vom Trecker und beugte sich am Rand des Sandweges über etwas. Ich bellte im Auto und Andreas öffnete mir die Tür, damit ich zu Silke rennen konnte. „Vorsicht, nicht berühren.", sagte Silke und zeigte auf einen kleinen Lederbeutel vor uns. Andreas hatte aus seinem Kofferraum Einweghandschuhe geholt und zog sich diese an, bevor er den Lederbeutel aufhob. „Was ist drin?", fragte Silke neugierig. „Das glaubst du nun nicht..." Andreas sah nochmal in den Beutel. „Da ist eine Spritze drin... und ein Fläschchen. Warte..." Der Tierarzt drehte das kleine Fläschchen so, dass er die Aufschrift lesen konnte. „Und? Was ist es?", zappelte Silke. „Curare." Wir drei sahen uns an. „Ich rufe Marc nochmal an. Vorhin hat er mich zwar schon angemault, weil er noch mindestens eine Stunde braucht, bis er wieder hier ist, aber einer musste ja die Polizei rufen, während Siley und du Verbrecher jagen.", grinste Andreas.

Der Kommissar Marc Rohloff versprach, den Beutel am Nachmittag selbst in Empfang zu nehmen, wenn wir für unsere Aussage ins Polizeipräsidium fuhren. „Und ich will nichts hören…", schloss er das Gespräch. „Marc, der Fall muss hier geklärt werden, das ist nun klar." Wir fuhren nach Hause und Silke gab mir einen Keks. Andreas war in den Stall gelaufen. „Die Welpen, sie sind weg.", kam er aufgeregt ins Haus. Silke sah mich mit großen Augen an. „Wie konnte das…?" Sie lief ohne Jacke nach draußen und ich folgte ihr auf den Fersen. Die Hündin lag in ihrer Box und strahlte mich an. Silke sah sich um. „Such, Siley, such." Ich sah die Hündin wieder an, die völlig entspannt auf ihrer Decke lag. Mit gespitzten Ohren stand ich da und lauschte. Silke lief von Box zu Box und suchte im ganzen Stall, Andreas suchte vor dem Stall. Als Silke mich erneut auffordern wollte, zu suchen, wedelte ich mit der Rute und sprang aufgeregt hin und her. „Was hast du?", fragte Silke. Ich lief zur Futterkammer und stupste mit der Nase an der Tür, die sich leider nicht von mir öffnen ließ. Silke zog die Tür, die ein wenig klemmte, auf und begann laut zu lachen. „Andreas, komm her." Der Tierarzt kam mit großen Schritten um die Ecke und begann ebenfalls zu lachen. Die vier Welpen lagen unter der Arbeitsplatte auf einem alten Sack. Sie sahen und verschlafen an. „Die

Bande muss sich hier versteckt haben und dann klemmte die Tür." Hinter uns kam die Hündin in die Futterkammer, sie leckte die Welpen ab und schob sie dann zurück in die Box. „Deswegen war Mama auch so entspannt, da sie wusste, wo ihre Welpen waren." „Der Einbrecher hatte aber anscheinend auch nur sie haben wollen. 500,00 Euro für die Hündin, das ist nicht viel..." „Für jemanden, der mit ihr weiter Welpen produzieren will, ist das sehr günstig. Wenn er jedes Jahr im Schnitt fünf Welpen mit ihr bekommt, diese für 800,00 Euro pro Stück verkauft, Tierarztkosten hat er nicht, da die Welpen keinem Arzt vorgeführt werden, dann verdient er doch jedes Jahr 4.000,00 Euro pro Jahr mit ihr, einfach so nebenbei. Die Hündin ist noch jung, sie kann gut und gern noch sechs oder sieben Jahre wölfen."

Silke sah nachdenklich in die Box. „Wann könnte man sie kastrieren?" „Die Welpen sind noch sehr jung, da würde ich noch ein halbes Jahr mit warten." Kann man sie nicht mit Hormonen aus der Läufigkeit halten, bis sie kastriert ist?" „Prinzipiell ja, aber ich würde sie gern erst in Ruhe lassen wollen, bis sie wieder bei Kräften ist, dann würde ich sie gern kastrieren und sie an verantwortungsvolle Hundehalter vermitteln lassen." Silke nickte. „Dass sie nicht entlaufen ist, das ist nun ja amtlich, sonst wäre der schräge Einbrecher nicht hier aufgetaucht, um die Hündin zu stehlen. Wir sollten den Tierschutz und auch das Ordnungsamt in Kenntnis setzen." Andreas legte den Arm um Silke. „Ich rufe da morgen direkt an und sorge für alles. Wäre es in Ordnung, wenn die Hundemama mit ihrem Nachwuchs so lange hierbleiben darf, bis die Welpen alt genug sind, um vermittelt zu werden?" „Natürlich.", lächelte Silke, „Oder denkst du anders darüber?", fragte sie mich dann. Ich bellte fröhlich und war einer Meinung mit den beiden Menschen. Aus der Box kam ein Bellen von der Hündin, die zu spüren schien, dass man es bei uns gut mit ihr meinte.

Marc war am späten Nachmittag wieder im heimischen Präsidium und ließ sich von Silke und Andreas berichten, was an dem Tag vorgefallen war. „Konntest du das Kennzeichen des Geländewagens erkennen?" „Nein, er hatte kein Kennzeichen, jedenfalls nicht hinten. Es war ein asiatisches Modell, die Farbe war Polarweiß. Ansonsten nichts Auffälliges." „Das ist nicht viel, aber wir gehen mal die Dateien durch." „Warte, das linke Rücklicht war defekt.", erinnerte sich Silke. „Sehr gut, das kann helfen." „Hast du schon mit dem Mann gesprochen?" „Ja, kurz, ich denke, er versucht alles auf den Fahrer des Geländewagens zu schieben. Auf dem Curare und der Spritze waren leider keine

Fingerabdrücke, aber ich vermute, dass der Mann nicht nur vorgehabt hatte, einen Hund aus dem Stall zu stehlen." Der Kommissar warnte Silke und Andreas, „Ich muss wieder eine Streife zu eurer Sicherheit abstellen. Die Kollegen werden deinen Hof Tag und Nacht bewachen. Das ist mir doch etwas zu heikel, erst der Mord und nun der Einbruch am helllichten Tag." Silke sah genervt aus, doch sie schwieg.

8

Der Abend war sternenklar und der Frost hatte stark angezogen. Als Silke und ich zum Stall hinübergingen, um den Schafen Raufutter für die Nacht zu geben, knirschte der angefrorene Schnee unter unseren Schuhen und Pfoten. Mitten auf dem Hof blieb ich stehen und blickte zum Einfahrtstor. Ein Kleinwagen stand rechts vom Tor und im Wagen brannte Licht. Silke folgte meinem Blick. „Oh je... der Arme, er wird sich doch den Tod holen bei der Kälte." Sie drehte zum Tor ab und öffnete es. Der Mann im Wagen sah Silke an, er trug eine dicke Mütze und hatte seinen Schal hoch ins Gesicht gezogen. „Moin.", grüßte Silke, nachdem er seine Seitenscheibe geöffnet hatte, „Sie sollen doch wohl nicht die ganze Nacht hier stehenbleiben, oder?" Der Mann schob den Schal etwas runter, „Kommissar Rohloff hat mich für heute Abend bis Mitternacht abgestellt, dann kommt die Ablöse." Silke sah mich an und wandte sich dann wieder an den Beamten im Kleinwagen. „Hören Sie, das ist keine Lösung, es sind laut Thermometer minus 8 Grad. Kommen Sie doch ins Haus." „Das kann ich leider nicht, Herr Rohloff hat die Anweisung erteilt, den Hof im Blick zu haben und das kann ich am besten von hier." „Moment...", Silke zückte ihr Handy aus der Jackentasche. „Marc? Hallo. Du weißt, dass ich die Streife vor meinem Hof als unnötig ansehe, aber Andreas und du, Ihr wart euch da ja sofort einig, dass ich dagegen nichts tun konnte." Silke lauschte den Worten von Marc. „Mag alles sein, dennoch... Der Beamte kann bei der Kälte nicht hier draußen bleiben. Ich werde ihn nun ins Haus mitnehmen. Er kann ja gern von der Tenne aus auf den Hof schauen oder mal über den Hof laufen. Außerdem hat Andreas die Kamera wieder in Gang bekommen, ebenso wie den Bewegungsmelder, daher kann dein Beamter auch vom warmen Haus aus alles im Blick haben." Wieder hörte Silke dem Kommissar am anderen Ende des Telefons zu. „Nein, das beschließe ich nun so. Du teilst das bitte dem Kollegen jetzt mit." Silkes Tonfall ließ keine Widerworte zu und sie reichte dem Streifenbeamten in Zivil das Smartphone. „Moin, Herr Rohloff, Janßen hier." Ich hatte mich abgesetzt und sah Silke ungeduldig an. Mir war kalt und ich wollte endlich in den Stall. „Ja, in Ordnung. Auf Wiederhören." Der Beamte gab Silke das Handy zurück und sie drückte auf den roten Knopf, um das Gespräch zu beenden. „Dann kommen Sie mal rein.", lud Silke Herrn Janßen ein. Er stieg aus und sah Silke dankbar an. „Ich werde eine Runde über den Hof gehen." „Wir müssen noch in den Stall, dann können wir danach gemeinsam ins Haus gehen und Sie bekommen erstmal einen Becher warmen Kaffee."

Andreas sah erstaunt zur Dielentür. „Moin." Der Polizeibeamte Janßen stellte sich Andreas kurz vor und nahm dann dankend den Becher Tee entgegen. Silke stellte ihr Tablet auf den Tisch und öffnete die App von den beiden Außenkameras, die fast den ganzen Hof im Blick hatten. „Hier können Sie schauen, ob sich etwas tut. Außerdem gehen die Bewegungsmelder auch an, wenn jemand auf den Hof kommen sollte." „Das ist super. Zwischendurch werde ich dann um das Haus laufen." Der Beamte setzte sich an den kleinen Tisch am Fenster und behielt das Tablet im Auge. Ab und zu warf er einen Blick aus dem Fenster. Ich hatte mich in mein Hundebett gelegt und wartete darauf, dass Silke mir mein Abendleckerli brachte. „Ich muss meine Buchhaltung noch machen.", sagte Andreas und zog sich ins Gästezimmer zurück. Silke hatte sich aufs Sofa gelegt und mich zu sich gerufen. „Lass uns kuscheln und Fernsehen schauen."

Mein Kopf lag auf Silkes Schoß und sie kraulte mir die Ohren. Die Wärme des Ofens verbreitete Gemütlichkeit. Silke hatte ihren Tee ausgetrunken und das letzte Plätzchen mit mir geteilt. Meine Augen wurden schwer und ich döste langsam ein. Im Hintergrund hörte ich den Fernseher, das mich jedoch nicht störte. Plötzlich spitzte ich die Ohren. Silke sah mich erstaunt an. „Was hast du? Schlaf weiter." Ich hob den Kopf und knurrte leise. Der Ton vom Fernseher ging aus, als Silke auf den Knopf der Fernbedienung drückte, sie lauschte nun ebenfalls. Dann drehte sie sich zum Polizisten um. „Mein Hund hat irgendetwas gehört." „Der Bewegungsmelder ist angegangen, ich kann auf der Kamera aber nichts erkennen." Herr Janßen hatte sich bereits die Jacke angezogen und ging mit gezogener Waffe auf die Tenne. Ich sprang vom Sofa und folgte ihm. Silke fand ihren zweiten Schuh nicht und kam dann auf Socken hinterher. „Warten Sie hier.", flüsterte der Beamte und schlich sich zur Haupttür, die er vorsichtig öffnete. Eiskalte Luft zog auf die Tenne und ich blinzelte kurz, bevor ich auf leisen Pfoten weiterlief. Silke folgte mir auf Socken.

Das Licht des Bewegungsmelders war wieder ausgegangen. „Vielleicht war es nur eine Katze aus der Nachbarschaft.", raunte der Polizist Silke zu. Ich sah Silke an, sie und ich waren uns sicher, dass dies nicht der Fall war. Herr Janßen trat aus dem Haus und wollte gerade seine Taschenlampe anschalten, als er plötzlich zusammenbrach. Ich sprang sofort nach vorne und begann zu bellen. Wütend rannte ich aus dem Haus, bellend und knurrend. Aus den Augenwinkeln sah ich eine Person nach rechts weglaufen und ich setzte ihm nach. „SILEY!", rief Silke mir nach, dann fluchte sie, „Das kann doch nicht wahr sein!" Ich lief der Person so gut ich konnte nach, doch sie kletterte über den Zaun des Grundstücks. Damit war für mich mit der Verfolgung Schluss. Die Schritte rannten weiter in Richtung Sandweg und ich rannte am Zaun entlang weiter, bis ich eine Wagentür hörte und dem Motorengeräusch nach ein großer Wagen mit durchdrehenden Reifen davonfuhr.

Silke rief wieder nach mir und ich galoppierte zurück zu ihr. „Geh ins Haus und hol Andreas." Sofort lief ich zum Gästezimmer und bellte vor der Tür. Andreas kam heraus und wusste sofort, dass etwas nicht stimmte. „Wo ist Silke?" Ich rannte auf die Tenne und der Tierarzt folgte mir. „Silke?" „Hier!" Ruf den Notarzt und dann bei Marc an, der Beamte wurde niedergeschlagen und ist bewusstlos." Andreas tat, was Silke gesagt hatte, und holte dann seinen Tierarztkoffer aus dem Haus. Inzwischen hatte Silke das Außenlicht und das Licht auf der Tenne eingeschaltet. Andreas verband die Kopfwunde des Beamten, der weiterhin bewusstlos am Boden lag. Wenige Minuten später kam der Rettungswagen samt

Notarzt und fuhren mit dem weiterhin bewusstlosen Polizisten Janßen davon. Marc traf ein, als man den Patienten in den Rettungswagen verlud und sah geschockt aus. „Kollege Janßen ist ein guter und bedachter Beamter." „Er hatte keine Chance, Siley und ich waren dicht hinter ihm. Es war ganz gut, dass Herr Janßen im Haus war, so waren wir dabei und konnten ihm sofort helfen. Wenn er allein im Wagen gewesen wäre...", Silke sprach nicht zu Ende, doch alle wussten, was sie meinte. „Der Bewegungsmelder war angegangen und Janßen ist dann raus. Das Licht war aber wieder ausgegangen und es war auch auf den Kameras nichts zu sehen gewesen." „Der Täter muss gewusst haben, wo die toten Winkel sind." Marc sah sich um. „Der Arzt sagt, es war wohl ein harter Schlag auf den Kopf, von einer schweren Gehirnerschütterung ist auszugehen."

Ich hatte mich von den Menschen entfernt und war nochmal den Weg gelaufen, den die unbekannte Person zur Flucht genommen hatte. Ich lief langsam und suchte mit der Nase den Boden in der Dunkelheit ab. Kurz vor der Stelle, wo die Person über den Zaun geklettert war, fand ich etwas und begann lautstark zu bellen, damit die Menschen zu mir kamen. „Leuchte mal hierhin.", sagte Silke zu Marc. Im Schein der Taschenlampe sahen wir einen Baseballschläger auf dem Boden liegen. Marc sicherte alle Spuren, so gut er es in der Dunkelheit konnte und verpackte auch den Baseballschläger, damit er auf Fingerabdrücke untersucht werden konnte. „Er wird sicher Handschuhe getragen haben, allein schon wegen der Kälte, aber wer weiß..."

Andreas sah Silke an. „Du läufst ernsthaft auf Socken hier herum?" Silke sah auf ihre Füße. „Ich konnte den zweiten Schuh nicht finden und dann ging alles so schnell." Der Tierarzt schubste Silke in Richtung Haus. „Nun aber flott ins Haus." Silke trippelte auf Zehenspitzen und ich tänzelte um sie herum, weil ich Spaß dabeihatte. „Du brauchst keine Schuhe, du Glücklicher.", lachte Silke und zog sich auf der Tenne die Socken von den Füßen, die völlig durchnässt waren. Andreas machte eine Körnerkissen warm, damit Silke sich daran die Füße wärmen konnte. Marc war uns gefolgt und hatte sich an den Küchentisch gesetzt. „Ich bleibe heute Nacht nun selbst hier, die Ablösung von Janßen habe ich abbestellt." Andreas machte Glühwein warm und verteilte diesen. „Was ist denn nur los? Seitdem die Welpen hier sind, wollen alle an sie heran, obwohl man sie vorher einfach in der Kiste ausgesetzt hatte." Marc lachte, „Vielleicht sind alle auf der Suche nach einem Weihnachtsgeschenk, sind ja nur noch zwei Wochen bis Heiligabend."

Die Menschen unterhielten sich über die wiederholten Einbrüche und, dass der Tote Hinnerk Lohmann in Silkes Stall verstorben ist. „Das ist eine verworrene Geschichte.", sagte Andreas abschließend. „Bisher haben wir tatsächlich wenig Spuren, außer den Hunden, die aber leider nicht sprechen können. Wir tappen noch im Dunkeln." Marc sah niedergeschlagen aus. „Ich muss ins Bett.", gähnte Silke. „Geht Ihr nur, ich bleibe hier und werde Bescheid geben, wenn wieder einer einzubrechen versucht." Ich schlich mit Silke ins Schlafzimmer und freute mich, dass sie mich ins Bett einlud. „Du kannst mich wärmen, mein Engel." Andreas leistete Marc noch etwas Gesellschaft. „Silke und Siley sind doch weiterhin in Gefahr, oder?" Der Kommissar nickte, „Ja, aber ich denke, dass die Hunde dennoch besser hier aufgehoben sind, da Silke sich nicht erschrecken lässt."

9

Andreas legte den Finger auf den Mund, damit ich ruhig blieb. „Ich besorge Brötchen, du bekommst auch eins.", flüsterte er mir lächelnd zu und schlich sich dann aus der Dielentür. Aus dem Fenster konnte ich seine Rücklichter sehen, als er wegfuhr. Marc, der Kommissar, saß auf dem Sofa, sein Kopf lehnte zur Seite, er war eingeschlafen. Silke hatte nicht bemerkt, dass ich aufgestanden war und lag noch im Bett. Ich sah mich um und ging dann zur Dielentür, die Andreas nur angelehnt hatte. Mit der Nase schob ich sie auf und drückte mich durch den Türspalt. Auf der Tenne schüttelte ich mich kurz, da die Kälte mir nicht gefiel, aber ich lief nach draußen und machte mein Morgengeschäft im Garten. Der Schnee erhellte die Dunkelheit und ich schlenderte ein wenig umher. Vor dem Einfahrtstor stand noch der Kleinwagen des Polizeiobermeisters Janßen, der in der Nacht bewusstlos geschlagen worden war. Ich fragte mich, wie es ihm jetzt wohl ging.

Der Stall war fest verschlossen, im Innern konnte ich unsere Schafdamen leise blöken hören, sie verlangten nach Heu. Mein Weg führte hinter den Stall, unter dem Abdach stand der Mc Cormick, aber ich fand nichts Interessantes. Der Wagen, der am Einfahrtstor hielt, ließ mich lostraben.

Andreas war wieder da und ich hatte inzwischen auch großen Hunger. „Hallo, mein Freund, hast du dich rausgeschlichen? Ich sehe noch kein Licht im Haus." Gemeinsam gingen wir ins Haus und der Tierarzt machte das Licht in der Küche an. Marc schrak hoch, als das Licht anging. „Wie spät ist es?", fragte er. „Es ist Zeit für Frühstück." „Ich muss eingenickt sein.", gestand der Kommissar. „Alles in Ordnung, es ist nichts mehr passiert.", meinte Andreas und setzte Wasser für Kaffee auf, „Wir frühstücken nun erstmal in Ruhe." Ich lief ins Schlafzimmer und leckte Silke über das Gesicht. Sie lachte und hielt mich fest, um mir einen Kuss aufzudrücken. „Guten Morgen, mein Schatz." Sie stand auf und zog sich ihre Stallsachen an.

„Oh, Frühstück ist fertig.", freute sich Silke. „Ich will nur schnell erst den Schafen Heu geben." Sie lief schnellen Schrittes aus der Küche und versorgte die Schafe. Auch die Hühner bekamen ihr Futter. „So, die Tiere sind versorgt, nun kann ich auch etwas essen.", sagte Silke, als sie ihre Jacke auszog. „Hast du schon etwas von deinem Kollegen gehört? Wie geht es ihm?" Marc nahm einen Schluck Kaffee und nickte, „Ich habe gerade im Krankenhaus angerufen, Janßen ist wieder bei Bewusstsein, aber er hat eine starke Gehirnerschütterung und wird noch im Krankenhaus bleiben.

Ansonsten geht es ihm aber gut." Silke pustete erleichtert Luft aus, „Das hätte ganz anders ausgehen können. Ich möchte ihm gern eine kleine Aufmunterung und ein Dankeschön senden. Vielleicht kannst du ihm das ins Krankenhaus bringen?" „Klar, das mache ich gern, ich würde mich daran beteiligen. Janßen ist ein toller Kollege und guter Beamter." Ich stand auf und trippelte nervös um den Tisch. „Ja doch, du bekommst dein Brötchen jetzt.", lachte Andreas und schmierte mir mein Brötchen mit Käse und Leberwurst. Gierig verschlang ich es und setzte mich dann wieder bei Silke ab.

„Der erneute Versuch, hier einzubrechen... Es muss mit den Hunden zusammenhängen. Etwas anderes ist hier wahrlich nicht zu holen. Außerdem hat das Ganze auch erst angefangen, als Lohmann tot in meinem Stall gelegen hat. Lohmann stand mit Welpenhändlern in Kontakt und die Hündin hat schon viele Würfe gehabt, wie Andreas feststellen musste." Silke fasste zusammen, was die Männer ebenfalls dachten. „Da kann ich nur zustimmen. Ich lasse den Baseballschläger heute von der Kriminaltechnik untersuchen, momentan ist das der einzige Anhaltspunkt, den wir noch haben."

Andreas sah nachdenklich aus. „Was hast du?", fragte Silke. „Ich überlege, ob wir die

Welpen woanders unterbringen sollten..."
„Andreas, dann setzt du damit aber andere der Gefahr aus. Wir müssen davon ausgehen, dass man meinen Hof beobachtet. Dann wird man mitbekommen, dass die Welpen weg sind. Oder schlimmer noch, man bricht erneut ein, stellt fest, dass die Welpen weg sind und geht dann auf die anderen Tiere oder sogar uns los. Dass der oder die Täter vor nichts Halt machen, ist seit dem Schlag auf Janßen deutlich geworden." Silke sah in die Runde und ich gab ein leises Brummen von mir, das Zustimmung ausdrücken sollte. „Silke hat recht. Wir müssen besser aufpassen und endlich im Fall weiterkommen." Der Kommissar nahm sich noch Kaffee. „Ich fahre gleich los. Kommt Ihr zurecht?" „Natürlich.", sagte Silke. „Wenn die Welpen hierbleiben, dann hole ich gleich noch eine Kamera für den Stall. Oder besser zwei, dass an jeder Tür eine hängt.", Andreas sah Silke an. „Das ist eine gute Idee. Lass uns die Apps so einstellen, dass sie Warnungen abgeben, bisher habe ich meine nur auf lautlos." Ich spürte, dass wir noch mit Aufregungen zu tun bekommen würden.

Marc fuhr ins Präsidium, er nahm den Baseballschläger mit. Andreas fuhr zum nächsten Technikladen und besorgte drei Überwachungskameras. Silke kümmerte sich um den Haushalt und richtete für

Marc ein weiteres Gästezimmer ein, das sie selbst sonst als Büro für ihre Buchhaltung und zum Schreiben von Büchern nutzte. Das kleine Sofa ließ sich ausklappen und sollte dem Kommissar als Schlafgelegenheit dienen. „Nun bekommen wir hier aber Männerüberschuss.", lachte Silke und kraulte mir den Kopf. Ich legte mich in mein Bett am Ofen und holte noch etwas Schlaf von der Nacht nach.

Andreas und Silke koppelten gerade die Überwachungskameras mit ihren Smartphones, als ich wach wurde, weil ich Hunger verspürte. „Na, ausgeschlafen?" Ich schüttelte mich einmal von vorn bis hinten durch und lief am Kühlschrank vorbei. „Du bekommst gleich etwas." Silke holte vom Schrank einen Geflügelknochen, den sie mir gab. „Wenn du den aufgefuttert hast, gehen wir in den Stall zu den Hunden." Ich beeilte mich, mein Leckerli aufzuessen und lief mit wedelnder Rute zur Dielentür. „Warte, lass dir noch die warme Jacke anziehen.", stoppte Silke mich. Dann endlich ging es zu den Hunden. Die Hündin begrüßte uns hoch erfreut und es sah aus, als ob sie lachen würde. „Sie ist eine überaus freundliche Hündin.", meinte Silke und hockte sich neben sie. „Ich habe sie vorhin, als ich die Kameras aufgehängt habe, etwas genauer untersucht. Sie hat viele Narben, gerade auch am Hals. Die

Maus muss einiges erlebt und vor allem durchgemacht haben." Andreas lehnte an der Boxenwand und betrachtete die Welpen. „Den Kleinen geht es aber wieder richtig gut. Sie kümmert sich rührend um ihren Nachwuchs." Silke hatte sich mitten in die provisorische Welpenbox gesetzt und spielte mit den vier kleinen Labbiwelpen. Ich besah mir das aus der Ferne, da mir das Gewusel in meinem Alter etwas zu viel war. „Soll die Hundefamilie hierbleiben, bis sie vermittelt werden können?" Silke sah zu Andreas auf. „Wenn es dir nicht zu viel Arbeit ist, dann halte ich das für am besten. Sie haben schon viele Aufregungen erlebt, da wäre nun etwas Beständigkeit das Richtige. Ich werde mich aber schon mal bemühen, Hundeeltern für alle zu finden." Silke liebkoste die Hündin, die sich fest an sie drückte und es genoss, wie sie betüdelt wurde. „Meinst du, die Hündin findet auch eine neue Familie?" „Das denke ich durchaus."

Es wurde früh dunkel und Silke machte noch den Stall sauber, als Marc vor dem Tor hupte. Andreas öffnete ihm und der Kommissar fuhr seinen Wagen neben die Remise. „Ich habe Pizza mitgebracht." „Dann komm schnell, bevor sie kalt wird.", lachte Andreas. Marc ließ sich von dem Tierarzt zeigen, wo er die Kameras installiert hatte, am großen Stalltor, der kleinen Stalltür und er hatte auch unter dem Abdach eine Kamera installiert. „Mit den bereits vorhandenen Kameras scheint nun alles im Blick zu sein.", gab Marc nickend von sich. „Ich hoffe..." Silke kam zu uns und wischte sich die Hände an der Hose ab. „Stall ist fertig, Tor und Tür verrammelt." Sie blickte sich nochmal um. „Marc hat Pizza mitgebracht." „Oh, das ist super, ich habe noch nicht die Zeit gehabt, Abendessen vorzubereiten.", sagte Silke und sah mich an. Sie zwinkerte mir zu und rannte dann los zum Haus. „Komm, Siley, wir decken den Tisch, dann bekommst du auch etwas ab." Ich tobte hinter ihr her und freute mich über ihre Albernheiten.

„Wir konnten leider nur einen Teilabdruck auf dem Baseballschläger finden. Und dieser ist nicht in unserer Datenbank gespeichert." Marc sah enttäuscht aus. „Damit sind wir immer noch keinen Schritt weiter..." Silke kaute an ihrer Pizza. „Sind noch weitere Mails auf Hinnerk Lohmanns Rechner eingegangen?" „Nein. Der Rechner läuft jeden Tag, aber nichts." „Der Täter läuft hier frei herum und hat wiederholt versucht, an die Hunde zu kommen." Andreas zog die Augenbrauen zusammen. „Lasst uns nach dem Essen alle Fakten erneut zusammentragen und dann sortieren wir sie neu. Der Mörder rückt uns sonst noch öfter auf den Pelz und ich möchte nicht, dass Siley oder euch etwas passiert. Dass Polizeiobermeister Janßen nun mit schwerer Gehirnerschütterung im Krankenhaus liegt, darf sich nicht wiederholen." Silke tippte bei ihren Worten mit dem Zeigefinger immer wieder auf den Tisch.

Nachdem ich meine Kanten von Silkes Pizza genüsslich verputzt hatte, saß ich neben Silke auf dem Sofa und sah auf den Tisch, auf dem jede Menge Zettel lagen. Silke hatte alle Fakten und Daten einzeln aufgeschrieben und schob die Zettel hin und her. „Mir brummt der Schädel.", gähnte Andreas. „Lass uns morgen weitermachen. Ich verteile nun die Nachtwachen und dann legen sich die anderen schlafen.", ordnete Marc an.

10

Das Frühstück duftete aus der Küche und ich rannte auf flinken Pfoten wieder ins Haus, um etwas abzustauben. Silke lachte, als ich ins Rutschen kam, weil ich zu schnell gerannt war. „So einen großen Hunger?" Sie gab mir ein rohes Hühnerbein, mit dem ich mich glücklich auf meine Fressmatte zurückzog.

„Guten Morgen." Andreas kam mit nassen Haaren aus dem Badezimmer in die Küche und legte Silke im Vorbeigehen den Arm um die Taille und sah in die Pfanne. Ich ließ kurz von meinem Hühnerbein ab und schaute die beiden an. „Setz dich, Eier sind gleich fertig." Silke schob Andreas in Richtung Esstisch und schüttelte lächelnd den Kopf. „Schläft Marc noch?" „Nein, Marc ist schon wach.", ertönte es aus dem zweiten Gästezimmer, „Guten Morgen." Der Kommissar leckte sich die Lippen, „Das sieht fabelhaft aus." Silke stellte die Pfanne mit Rührei auf den Tisch. „Guten Appetit", sagte sie. „Das war wohl eine sinnlose Nachtwache.", begann Silke. „Das würde ich nicht sagen. Es bestätigt mich, dass dein Hof beschattet wird." Andreas räusperte sich, „Was schlägst du vor, wie wir damit umgehen sollen? Ich verstehe das so, dass wir den Hof nicht mehr verlassen können, ohne Sorge haben zu müssen, dass wieder versucht wird, die Hündin mit ihrem Wurf zu stehlen. Oder aber...", er wählte seine Worte sorgfältig, „Oder aber damit rechnen müssen, selbst angegriffen zu werden. Der oder die Täter sind zu allem bereit, um wieder an die Hündin zu kommen, das beweist der Tod von Hinnerk Lohmann." „Ich habe mir überlegt, natürlich nur, wenn es euch recht ist, auf weitere Überwachung durch Polizeibeamte zu verzichten. Wir müssen den oder die Täter fassen, nur dann seid Ihr und die Hündin wieder sicher." Marc sah Silke und Andreas ernst an. „Ich bin einverstanden.", stimmte Silke zu. Andreas nickte, aber ich sah Zweifel in seinem Gesicht.

Silke hatte den Tisch abgeräumt und legte ihre Notizen, die sich zum Fall während ihrer Nachtwache gemacht hatte, vor sich hin. „Ich habe alles, was wir an Fakten haben auf einzelne Zettel geschrieben. Sie liegen nun so, wie wir bisher vom Ablauf ausgehen. Lasst und die Zettel neu ordnen, vielleicht sind wir auf dem falschen Dampfer unterwegs." Ich bellte und versuchte, auf den Tisch zu schauen. „Warte, Siley, ich lege sie auf den Boden und du kannst mitgucken." Silke breitete die Zettel auf dem Küchenboden aus und hockte sich neben mich. Andreas hatte seine Brille geholt und kniete sich zu uns. Marc telefonierte noch mit dem Präsidium und als er sich zu uns gesellte, hatten Silke und Andreas die ersten Notizen neu sortiert. „Mein Kollege aus Polen hat zurückgerufen. Er hat mir ausrichten lassen, dass ein Abgleich mit der polnischen Datenbank ergeben hat, dass der Fingerabdruck vom Baseballschläger zu einem aktenkundigen Mann passt, der wegen mehrfacher Körperverletzung bereits einige Haftstrafen abgesessen hat." Der Kommissar klatschte in die Hände. „Das ist ein Fortschritt. Mein polnischer Kollege hat mir die Daten übermittelt und ich habe den Mann, einen gewissen Piotr Nowak, zur Fahndung ausschreiben lassen." Silke zog ihn am Ärmel hinunter. „Perfekt!", freute sie sich, „Wir haben auch schon einen neuen Ansatz."

Ich schob mit meiner Nase die kleinen bunten Zettel hin und her, nachdem ich sie mir alle angesehen hatte. „Das passt.", rief Silke aus. Die Männer sahen sie fragend an. „Guckt genau hin, dann seht Ihr es auch." Silke wies auf die chaotisch liegenden Papiere vor sich. „Ich sehe es nicht.", gab Andreas zu. Marc knetete sich die Lippen und überlegte noch. „Was meinst du?", fragte er Silke. „Jungs, löscht die anderen Ansätze, die wir bisher verfolgt haben." Sie sah Andreas und Marc an, die weiterhin verständnislos auf den Boden schauten. Ich bellte und forderte Silke auf, zu erklären, was sie und ich entdeckt hatten. „Siley und ich sind uns sicher, dass

Lohmann die Hündin mit den Welpen in Polen gestohlen hat. Nur so macht es Sinn, dass ein hier unbekannter Pole die Hündin samt Welpen zurückhaben will. Damit muss das aber auch der Mann sein, mit dem Lohmann die Mails geschrieben hat, oder zu mindestens muss der Mailkontakt jemanden beauftragt haben." „Das macht Sinn." „Das ist aber noch nicht alles. Keiner würde wegen einer Hündin solch einen Aufriss veranstalten, es gibt genug andere Hunde, mit denen der Pole hätte, weiter züchten können. Es muss etwas mit den Hunden sein." Silke sah sich triumphierend um und zog mich zu sich. „Siley hat mich drauf gebracht, weil er immer wieder den Zettel, auf dem Hündin steht, angestupst hat." „Du meinst...", begann Andreas, „..., dass die Hündin oder die Welpen etwas bei sich haben?" „Nur was soll das sein, und wo soll das sein?" Marc wirkte noch skeptisch, „Hätten wir das nicht längst gefunden haben müssen? Immerhin sind die Hunde nun schon einige Tage bei dir und du verbringst am Tag viel Zeit mit ihnen." „Das werde ich rausfinden.", sagte Andreas, als er vom Boden aufstand. Er holte seine Arzttasche und machte sich auf den Weg in den Stall. Wir anderen folgten ihm.

Die Welpen tobten durch die Box, während die Hündin ruhte, sie verdaute das Frühstück, das Silke ihr morgens gebracht hatte. Ich ging mit in die Box und Silke schloss die Tür, Marc blieb draußen stehen. Die blonde Labbi-Hündin war hellwach, als Andreas den ersten Welpen aufnahm. Ich beruhigte sie, indem ich ihr über die Schnauze leckte. Silke assistierte Andreas, der einen Welpen nach dem anderen genauestens unter die Lupe nahm. Silke wandte sich zur Hündin und streichelte ihr den Kopf, das Muttertier lehnte den Kopf an Silkes Hand. Mein kurzes, aber lautes Bellen, erschreckte alle, Silke zuckte zusammen. „Was ist denn?", fragte sie und dann sah sie, was mir aufgefallen war.

„Hat jemand eine Taschenlampe?" Silke nahm von Marc eine entgegen. „Halte mal.", forderte sie Andreas aus, „Leuchte hier mal hin." Silke teilte das Fell am Hals der Hündin. „Seht Ihr das?" Andreas setzte seine Brille wieder auf. „Das ist eine Tätowierung. Zahlen, die für mich aber keinen Sinn machen." Marc kam in die Box und ging in die Hocke. „Hmmm... das sieht aus wie Koordinaten." Silke sah noch einmal genauer hin. „Das könnte tatsächlich sein." Marc machte ein Foto davon. „Es geht also nicht um die Hündin, sondern um die Koordinaten." „In was ist Hinnerk Lohmann da nur reingeraten." Silke lehnte an der Boxenwand. „Nun geht es anscheinend um mehr als illegalen Welpenhandel." Marc nickte, „Ich sende das Foto an die Dienststelle, die Kollegen sollen herausfinden, was sich hinter den

Koordinaten verbirgt. Sobald ich eine Antwort habe, gebe ich euch Bescheid." Wir verließen den Stall und Silke warf den Schafen noch etwas Kraftfutter hin. „Kann ich euch allein lassen?" Marc wandte sich seinem Wagen zu. „Ja, fahr ruhig.", Silke umarmte ihn, „Danke dir, dass du dir die Nacht für uns um die Ohren geschlagen hast." Ich sprang um den Kommissar herum und sah seinem Wagen, als er die Straße hinauf davonfuhr.

Silke setzte sich aufs Sofa und ich nahm ihre Einladung, mich zu ihr zu gesellen, ohne zu zögern an. Andreas setzte sich auf die andere Seite des Sofas. „Machst du dir keine Sorgen, dass man wieder ins Haus einbrechen könnte?" Andreas legte die Hand auf Silkes Schulter. „Doch, schon, aber ich habe keine Angst, wenn du das meinst." Silke sah mich an. „Wir geraten immer wieder in schräge Situationen, davor weglaufen können wir nicht." Ich kuschelte mich enger an Silke. „Ich mache mir nur Sorgen, dass Siley etwas zustoßen könnte." „Ich bin ja nun da.", zwinkerte Andreas. „Wie gehen die Arbeiten an deinem Haus eigentlich voran? Ist das Haus schon trockengelegt?" „Du willst mich loswerden?", Andreas setzte ein trauriges Gesicht auf und lachte dann, „Das Mauerwerk ist fast trocken. Dann kann es mit den Malerarbeiten losgehen." „Ich will dich nicht loswerden.", wehrte Silke ab,

„Und nun sage ich nichts mehr ohne meinen Anwalt.", sie streckte Andreas die Zunge raus. „Apropos, ich muss Christian mal wieder anrufen. Er war für ein Sabbatjahr nach Spanien gegangen, ohne Handy und Internet. Wir haben uns, wie früher, Briefe geschrieben." „Das stelle ich mir durchaus befreiend vor. In der ersten Zeit sicher ungewohnt, aber dann erholsam." „Ich nutze das Internet auch nur für Bestellung von putzigen Hundedekorationen, die ich vor Ort nicht bekomme, und das Übermitteln meiner Bücher an den Verlag. Ansonsten mag ich es wie in der guten alten Zeit... Einkaufen vor Ort und gern auch persönlich sprechen statt mit dem Handy." „Mir geht das auch so. Für meinen Beruf brauche ich natürlich Handy und Computer, aber ansonsten gefallen mir die Werte aus der guten alten Zeit auch besser." Silke lächelte Andreas an und nahm seine Hand. Ich sah Andreas an und rückte noch näher an Silke heran. „Siley ist eifersüchtig.", lachte Andreas und holte für uns alle etwas zum Naschen.

Gemeinsam gingen wir am Abend noch einmal in den Stall. Silke gab den Schafen etwas Heu und blickte dann nachdenklich in die Hundebox. „Wollen wir die kleine Familie mit ins Haus nehmen?" „Es soll heute Minus 12 Grad werden.", meinte Andreas. „Eben, deswegen." Ich kratze an der Boxentür. „Siley ist mit uns einer

Meinung.", lachte Silke und öffnete vorsichtig die Box. Sie und Andreas nahmen jeder zwei Welpen unter ihre Jacke und ich forderte die Hündin auf, uns zu folgen. Sie sah mich verunsichert an. „Mama-Labbi kennt das nicht wirklich, ins Haus zu gehen.", stellte Silke fest und lockte die Hündin zu sich. Sie schüttelte sich kurz und folgte uns dann ins Haus, wo Silke für sie und die Welpen ein gemütliches Nachtlager einrichtete. Andreas legte sich auf das Sofa. „Ich bleibe dann heute Nacht hier, falls etwas ist, dann bin ich schneller." Silke sah ihn dankbar an und strich ihm über die Wange. „Danke."

11

Es war bitterkalt und die Luft brannte in meinen Lungen. Ich beeilte mich, meine Morgentoilette zu erledigen, um schnell wieder an den Ofen zu kommen, den Silke bereits angeheizt hatte. Sie stellte mir mein Frühstück auf den Boden und gab der Hündin dann ebenfalls einen Napf voll mit Hühnerleber. „Guten Appetit, Ihr beiden." Ich war schon schnell, wenn es ums Fressen ging, aber die Hündin war noch vor mir fertig und der leere Napf klapperte auf dem Boden. „Wie soll ein alternder Tierarzt bei diesem Radau nur schlafen?" Andreas blickte über die Sofalehne zum Essbereich und wischte sich den Schlaf aus den Augen. „Guten Morgen, Herr Tierarzt, darf es etwas Kaffee sein?" „Ja gern." Die beiden Menschen neckten sich und ich schüttelte innerlich den Kopf. So war es früher auch mit Rainer gewesen. Silke zündete drei Kerzen auf dem Adventskranz an. „Nun haben wir bereits den dritten Advent und ich bin noch gar nicht in Weihnachtsstimmung.", meinte Silke und blickte in die Kerzenflammen. Andreas war aufgestanden und legte die Arme um Silke. „Es ist zu viel Trubel." Er sah Silke an. „Vorschlag: wir machen uns heute einen gemütlichen Tag, mit Kaffee, Tee, Plätzchen und abends holen wir uns vom Griechen etwas." Silke strahlte Andreas an. „Das ist eine gute Idee.

Vielleicht können wir mit der Hündin und Siley zusammen den Sandweg entlang spazieren gehen. Sileys Geschirr sollte ihr passen und Leinen habe ich genug." Andreas drückte Silke fest an sich, sie genoss den Moment, wie ich sah.

Während Silke noch im Hühnerstall nach frischen Eiern suchte, klingelte Andreas Telefon. „Hallo Marc, sag nicht, du hast heute Dienst." „Ja, leider. Aber dafür habe ich eine gute Nachricht." Der Kommissar machte eine Sprechpause. „Erzähl.", drängte Andreas. Ich spitzte die Ohren. „Ich habe herausgefunden, was sich hinter den Koordinaten verbirgt, die der Hündin tätowiert ist." Wieder machte er eine Pause. „Nun spann mich nicht auf die Folter.", lachte Andreas. „Mit wem sprichst du?", fragte Silke, die gerade zur Tür hereinkam. Ich lief zu ihr und zog sie am Ärmel zu Andreas, damit sie zuhören konnte. „Marc ist dran, er hat etwas herausgefunden, will es mir aber nicht sagen." „Hallo Marc. Sag schon, was hast du für uns?" „Hallo Silke. Dann seid Ihr nun komplett. Hört zu. Anhand der Koordinaten konnte ich einen alten ausrangierten und leerstehenden Bahnhof ins Mecklenburg-Vorpommern ermitteln. Der Bahnhof liegt nahe der polnischen Grenze. Ich will morgen mit den Kollegen vor Ort sprechen, damit sie den Bahnhof in Augenschein nehmen." Silke zog die Stirn in Falten. „Das wird ja immer wilder. Warum tätowiert jemand der Hündin die Koordinaten eines Bahnhofes unter das Fell?" „Das gilt es herauszufinden." Der Kommissar wünschte einen schönen Tag und legte auf.

„Was hälst du davon?", fragte Andreas. „Es ist mehr als seltsam. Wir sind die ganze Zeit davon ausgegangen, dass es sich um Tierschutz handelt, doch die Tätowierung und das Drumherum passt auf den ersten Blick nicht zusammen." Andreas stimmte ihr zu, hob dann den Zeigefinger und sagte „Heute lassen wir den Fall Fall sein. Wir werden den dritten Advent genießen!" „Ja, das machen wir auch.", lachte Silke und ging ins Badezimmer. Ich legte mich zur Hündin und kuschelte mich an sie. Es war schön, dass sie im Haus war. Andreas sah uns an. „Na, Siley... Die Liebe ist kompliziert, oder?" Ich sah ihn fragend an, legte mich dann aber wieder ab und hielt ein Schläfchen und träumte von Silke.

Mit meinem Wintermantel, den Silke mir angezogen hatte, stand ich fröhlich wedelnd an der Dielentür und wartete darauf, dass Silke der Labbi-Hündin ein Geschirr von mir anzog. Sie zappelte hin und her, doch Silke schaffte es mit Ruhe und Geduld, ihr das rote Geschirr anzuziehen. Zusätzlich band Silke ihr noch ein Leuchtband um. „So, meine Hübsche, nun sind wir fertig. Falls du dich losreißen und weglaufen solltest, wird das Leuchtband mir zeigen, wo du bist." Silke streichelte die Hündin und mit der Schleppleine in der Hand machten wir uns auf zum Spaziergang durch den Schnee. Ich rannte immer wieder voran und dann wieder zurück zu meinem gemischten Rudel. Die Gerüche waren auf dem Schnee intensiver und ich erkundete alles ganz genau. „Schau, da waren schon andere auf unsere Idee gekommen, da vorne sind Fußspuren." Andreas zeigte auf den Seitenstreifen des Sandwegs. „Wir haben schon so lange keinen richtigen Winter mit Frost und Schnee gehabt, das genießen auch andere Leute." Silke hatte von der Kälte ein rosiges Gesicht bekommen und sie zog ihre Mütze etwas tiefer. „Ist das toll, oder?", lächelte sie Andreas an.

Die Labbi-Hündin wurde mit jedem Meter etwas ruhiger und lief brav neben Silke an der Leine. Sie schnupperte ab und zu an etwas, sah sich sonst aber mehr in der Gegend um. Schweigend liefen die Menschen weiter, jeder hing seinen Gedanken nach. „Für mich ist es das Größte, durch die menschenleere Natur zu streifen.", sagte Andreas leise. „Das geht mir genauso.", antwortete Silke und lachte dann, weil ich mit meiner Nase Schnee vor mir herschob. Die Hündin zerrte plötzlich an der Leine und wollte keinen Schritt mehr weiter gehen. „Was ist denn? Komm, noch ein Stückchen weiter.", lockte Silke sie, doch sie weigerte sich hartnäckig und versuchte, sich aus dem Geschirr zu befreien. Andreas sprach nun auch auf sie ein und ich kam angelaufen, um sie zu beruhigen. Alles, was wir taten, war vergeblich, die Hündin wollte weg, sie sah mich panisch an und zog in Richtung Heimweg. Ich sah sie mit schief gelegtem Kopf an und dann überkam mich ein seltsames Gefühl. Laut bellend drehte ich mich um meine eigene Achse und lief ein Stück weit in Richtung Hof. „Was ist denn mit den Hunden los?", fragte Andreas. „Los, wir müssen nach Hause. Da stimmt etwas nicht.", rief Silke aus und lief mit schnellen Schritten los. Ich rannte voran und wandte mich bellend alle paar Meter um, damit die Menschen schneller liefen. Silke hatte Probleme auf dem gefrorenen Schnee mit der stark an der Leine ziehenden Hündin Schritt zu halten, sie rutschte aus und fiel hin, doch sie hielt die Leine eisern fest. „Lauf schon.", rief Silke mir zu, „Folge Siley, ich komme klar." Andreas fing an zu rennen und blieb mir an den Fersen.

Ich erreichte als erster den Hof und sah die Tennentür weit offenstehen. Andreas riss das Einfahrtstor auf und ich galoppierte ins Haus. Sofort roch ich das fremde Parfum und meine Nackenhaare stellten sich auf. Mit Pfoten und Nase mühte ich mich ab, die Dielentür zur Küche zu öffnen und als es mir gelang, war Andreas wieder hinter mir. „Warte.", flüsterte er und sah sich suchend um. Er fand eine Schaufel in der Ecke und schnappte sie sich. Wir schlichen in die Küche und sahen eine Person an der Welpenbox stehen, die gerade hineingreifen wollte. Ich knurrte wütend und sprang mit einem Satz los. Die Person drehte sich um, sie trug eine Skimaske, doch die Augen sahen mich finster an. Ich bellte und ging in Angriffsstellung. Die Person, augenscheinlich ein Mann von seiner Statur und Größe her, zückte ein Messer. „Lassen Sie das Messer fallen!", brüllte Andreas hinter mir und drohte mit der Schaufel. Der Mann kam bedrohlich auf mich zu und starrte mir in die Augen. Sein Verhalten brachte mich in Raserei und ich fletschte die Zähne.

Silke hatte mit der Hündin die Tenne erreicht. „Siley!", rief sie nach mir. Ich sah mich kurz um und bellte. Der vermummte Mann nutzte den Moment und ich spürte, wie das Messer mein Fell streifte, ein brennender Schmerz zog durch meinen Körper, er hatte mich an der linken Schulter erwischt. Ich jaulte laut auf, aber meine Wut wurde nur stärker durch den Schmerz. Andreas schlug mit der Schaufel um sich, der Mann wich geschickt aus und Andreas kam ins Straucheln. Mit einem

Fußtritt kickte der Einbrecher Andreas die Schaufel aus den Händen und stürzte sich auf ihn. Ich sprang hoch und verbiss mich in den Unterarm des Mannes, der vor Schreck das Messer fallen ließ. Mit der freien Hand schlug er nach mir, doch ich ließ nicht locker und biss fester zu. „Scheiß Drecksköter!", zischte er und schlug mir erneut auf den Kopf. Hinter mir hörte ich die Hündin knurren, sie hatte das Fell komplett aufgestellt und dann packte sie sein Bein. Als Silke die Küche betrat schaffte der Mann es, uns Hunde abzuschütteln und er rannte zur Dielentür. Andreas versuchte noch, ihn festzuhalten, doch der Mann war größer und kräftiger als er und schubste Andreas zur Seite, der lang auf den Boden schlug. Silke stürmte auf ihn los und lief direkt in ihn hinein. Sie schaffte es, dass er kurz stoppen musste, doch auch Silke flog dann lang auf den Boden, als der Mann sie schlug.

Ich galoppierte los, dem Mann hinterher, der mit langen Schritten durch die Tenne auf den Hof rannte. Die Hündin folgte mir, sie war rasend vor Wut. Meine Schulter tat irre weh und mein linkes Vorderbein knickte weg. Ich fiel hart auf den Boden und spürte mein Herz in meiner Brust rasen. Die Hündin sprang über mich weg und blieb an dem Mann dran. Dieser drehte sich um, wurde langsamer und griff plötzlich nach der Schleppleine, die die

Hündin immer noch am Geschirr hatte. Er zog fest daran und ich sah, wie er die Hündin damit zu sich zog. Sie versuchte, aus dem Geschirr zu kommen, doch sie hatte keine Chance und sah mich ängstlich an. Mein linker Vorderlauf versagte seinen Dienst, als ich aufstehen wollte und der Mann sah mich verächtlich an. Ich holte tief Luft und schaffte es, auf die Beine zu kommen. Die Hündin winselte laut, als der Mann sie am Geschirr packte. „Endlich habe ich dich!", grinste er böse. Mein Schmerz war schlagartig verschwunden und als ich erneut auf den Mann losging, hatte ich den Überraschungsmoment auf meiner Seite. Er ließ die Leine fallen, da ich meine Zähne wieder in seinen Arm versenkte. Die Hündin nutzte die Gelegenheit und rannte ins Haus, dort bellte sie, sie wollte, dass ich kam.

Silke schoss an der Hündin vorbei, Andreas humpelte ebenfalls durch die Tenne. Der Mann schüttelte mich ab und rannte wieder los. Das Einfahrtstor stand noch offen und er lief links die Straße hoch. Andreas bemühte sich, ihm zu folgen, doch er hatte sich bei seinem Sturz das Knie verdreht. „Andreas! Lass! Ich rufe Marc an.", schrie Silke ihm nach. Der Tierarzt kam langsam zurückgehumpelt. Silke kniete neben mir und hielt ihr Handy in der Hand. „Geh ran!", flüsterte sie aufgeregt, „Marc? Endlich! Du musst kommen. Wir sind gerade überfallen worden. Siley ist verletzt, Andreas auch." Sie lauschte kurz. „Nein, wir kommen klar. Es ist ein Mann von etwa einem Meter neunzig mit schlanker, sportlicher Statur. Ganz in schwarz gekleidet, kurze Daunenjacke. Er trug eine Skimaske." Sie hörte noch kurz zu, was Marc sagte, und legte dann auf. „Marc schickt Streifenwagen los, er lässt nach dem Mann fahnden.", informierte sie Andreas.

Tränen liefen Silke über die Wangen. „Siley... es tut mir so leid." Sie streichelte mich. Ich lag auf dem Läufer in der Küche. Mir tat alles weh, das Adrenalin war weg und ich merkte, dass ich alt wurde. „Ich spritze ihm ein Schmerzmittel, dann reinige ich seine Wunde." Andreas hatte sich trotz seiner eigenen Schmerzen im verdrehten Knie zu mir auf den Boden gehockt. Der Tierarzt behandelte mich schweigend und mit vorsichtigen Händen. „So, fertig. Ich habe den Schnitt geklebt, da es ein glatter Schnitt war. Siley braucht nun Ruhe." Andreas strich sich eine Strähne aus dem Gesicht. „Danke.", sagte Silke, „Wie geht es dir? Soll ich dich ins Krankenhaus fahren? Wegen des Knies?" Andreas atmete tief durch. „Nein. Ich bandagiere mir das Knie." Er sah Silke ernst an. „Wir können nun unmöglich hier weg. Das Knie bekomme ich schon wieder hin." Silke sah betreten auf den Boden. „Wenn du nicht mehr hierbleiben möchtest, dann verstehe ich das...", sagte sie leise. Andreas nahm Silkes Kopf in beide Hände. „Hör mir mal zu! Es ist meine Idee gewesen, die Hündin mitsamt den Welpen bei dir unterzubringen. Glaubst du, ich lasse dich nun allein?" Silkes braune Augen blickten erleichtert und sie rang sich ein leichtes Lächeln ab. Das Geräusch eines Hubschraubers unterbrach die beiden.

Marc kam zur Tür hinein und sah besorgt auf mich. „Ist es schlimm?" „Siley war unglaublich mutig. Er hat Andreas, die Hündin und mich verteidigt. Ich weiß nicht, was passiert wäre, wenn er sich nicht wieder und wieder auf den Einbrecher gestürzt hätte." Silke hatte wieder Tränen in den Augen und als sie mich vorsichtig kraulte, tropfte eine Träne auf mein Fell. Ich leckte Silke die Hand und dann fielen mir die Augen zu. In meinen Träumen kämpfte ich nochmal mit dem Einbrecher, der es fast geschafft hätte, die Hündin mitzunehmen. Im Unterbewusstsein hörte ich den Kommissar, Andreas und Silke reden. „Wir waren nur wenige Minuten weg, quasi noch in Sichtweite. Die sind anscheinend zu allem fähig." „Die polnischen Kollegen haben mich gewarnt. Piotr Nowak ist unberechenbar, heißt es. Und sehr gewaltbereit. Der Hubschrauber wird bis zur Dunkelheit weitersuchen, gemeinsam mit den Streifenwagen. Soll ich heute wieder bleiben?" Silke sah Andreas an. „Gerne. Ich denke, wir sind zu lädiert, um heute noch einen Kampf auszustehen.", gab Silke zu. „Das war es dann mit dem schönen dritten Advent."

12

Die neue Woche fing mit einem schönen Tag an. Ich erwachte spät, da mir Andreas am Abend noch ein Schmerzmittel gegeben hatte und dann hatte Silke mir in ihr Bett geholfen. Die Tür vom Schlafzimmer ging leise auf und Silke sah zu mir herein. „Guten Morgen, mein Engel, bist du auch endlich wach?" Sie setzte sich zu mir auf die Bettkante und lächelte mich liebevoll an. „Wie geht es dir denn, alter Knabe?" Ich versuchte, mich zu strecken, ließ es aber sofort wieder nach, da mir jeder Muskel weh tat. „Na komm, ich helfe dir." Silke unterstützte mich beim Aufstehen und langsam folgte ich ihr in die Küche. „Da ist ja unser Held.", wurde ich freudig begrüßt. Andreas schaute auf meine Schnittwunde und nickte, „Sieht gut aus. Wenn das Fell wieder gewachsen ist, dann sieht man die Narbe nicht mehr." Marc kam gerade aus der Tenne in die Küche. „Die Beamten haben bisher nichts erreicht. Aber wir fahnden weiter." Hungrig schaute ich in meinen Napf, in den Silke mir gekochtes Hühnerfleisch mit Nudeln und Gemüse gefüllt hatte. Die Hündin kam zu mir und leckte mir über die Lefzen, sie schien die Aufregung des Vorabends besser verkraftet zu haben, und blieb an meiner Seite, bis ich nach meinem Frühstück auf den Hof zur Morgentoilette ging.

Silke richtete mir mein Hundebett näher am Ofen zurecht und von dort beobachtete ich das Treiben der vier Welpen. Sie waren noch so jung und ich fühlte mich in diesem Moment furchtbar alt. „Siley, Schatz, ich glaube, ich weiß, was du denkst. Für mich bist du immer mein kleiner junger Hüpfer." Dankbar leckte ich Silke die Hand und legte meinen Kopf auf ihr Bein. Ihre Liebe kroch mir durch den ganzen Körper und ich spürte, wie meine Lebensgeister wieder geweckt wurden. Als das Smartphone von Marc klingelte, fühlte ich mich wieder munter und sperrte meine Ohren auf. „Ich habe gestern Abend mit..., er machte eine kurze Pause und sah Silke und Andreas an, ...mit Kollegen darüber gesprochen und wir haben uns so etwas fast gedacht." Marc nickte und sprach noch kurz mit einem Kollegen aus Heringsdorf in Mecklenburg-Vorpommern. „Leute, es ist so, wie wir gestern vermutet haben. In dem alten Bahnhof werden Drogen umgeschlagen. Die Heringsdorfer Kollegen haben einen Drogenspürhund durch den alten Bahnhof laufen lassen und dieser hat an etlichen Stellen angeschlagen." „Nun müssen wir aber noch herausbekommen, was Lohmann, der seinen Mails nach wegen Welpenhandels mit den Polen zu tun hatte, in die Sache passt. Wusste er vielleicht doch von den Drogen?" Silke kräuselte die Lippen, „Wir sind ja nun offiziell Kollegen.", lachte sie dann. Marc grinste schief, „Womit habe ich das nur verdient?" „Wir meinen es nur gut mir dir.", Silke klopfte sich selbst lobend auf ihre Schulter und lachte.

Mein Lieblingsschaf Lissy huschte aus ihrer Box, als Silke sie sauber machte und sah mich neugierig an. Sie drückte ihren Kopf an meinen. „Ihr Beiden... Ihr seid die besten Freunde.", Silke stützte sich auf ihre Mistgabel und sah uns lächelnd an. „Freundschaften sind nicht auf eine Spezies begrenzt.", ertönte eine Stimme von der Stalltür. Andreas sah um die Ecke und hatte seine Hände hinter dem Rücken verschränkt. „Das stimmt... Siley und ich sind schließlich das beste Beispiel.", zwinkerte Silke und machte mit dem Ausmisten weiter. Andreas kam in den Stall und blieb an Lissys Boxentür stehen. Silke sah kurz auf und wirbelte dann eine weitere Mistgabel voll Heu in die Box. „Was guckst du mich so an?", sagte sie, ohne ihre Arbeit zu unterbrechen, „Ich merke das." „Ach... nichts." Ich wurde neugierig und ging zu den Beiden. „Wie lange brauchst du noch?" „Ich bin fast fertig. Noch kurz das Heu in die Raufe und meine Damen können wieder in Ruhe fressen. Hoffentlich wird es bald wieder etwas wärmer, dann können die Schafe wieder länger als nur ein bis zwei Stunden raus." Silke schob sich eine Haarsträhne aus dem Gesicht und dann die

Schubkarre aus der Box. Andreas stand ihr im Weg. „Hopp, geh zur Seite.", scheuchte Silke ihn, doch der Tierarzt blieb stehen. Ich spürte, dass Silke ungeduldig wurde. „Lass mich bitte durch, mir ist kalt und ich möchte wieder ins Haus." Silkes Tonfall wurde kühler. Lissy stand nun neben mir und sah dem Treiben ebenfalls zu. „Stell doch kurz die Karre ab. Bitte." Andreas zwinkerte übertrieben mit den Augen. „Was ist denn?" Silke wurde wütend, das war offensichtlich. „Ich war gerade schnell weg, als du in den Stall bist." „Und nun bist du wieder da und stehst mir im Padd." Ich sah Lissy an und schüttelte mich. Andreas hielt etwas in der Hand, die er hinter dem Rücken hielt, doch ich konnte nicht erkennen, was es war. Er ging plötzlich auf die Knie und sah zu Silke auf. Nun wurde es spannend und ich hielt mir eine Pfote über die Augen. Silke machte einen Schritt nach hinten und machte große Augen. „Ich habe lange und gut darüber nachgedacht... Willst du...", begann Andreas, „...diesen Elektroschocker von mir nehmen." Er nahm seine Hand nach vorne und hielt einen kleinen Karton in der Hand, dabei lachte er laut auf. „Du bist so....", Silke rang nach Worten, bevor sie auf ihn zustürmte und Andreas auf die Schulter schlug. „Ja, ich will.", veralberte sie ihn. Ich sah Lissy an und schüttelte mich erneut, Menschen waren manchmal seltsam.

„Man hat den Einbrecher gesichtet. Piotr Nowak ist mit einem Wohnmobil in Hengstforde aufgetaucht." Marc kam in den Stall geeilt und stoppte abrupt. „Oh... Entschuldigung... ich wollte nicht stören." Seine Mimik machte deutlich, dass er verwirrt war. „Komm rein.", lachte Silke, „Andreas hat mich veralbert." „Dann wollt Ihr nicht..." Der Kommissar wusste nicht, was er sagen sollte. „Nein." Silke sah Andreas an, der etwas rot geworden war. „Okay. Also, Nowak wurde von einem Streifenwagen gesehen, als er sein Wohnmobil auf dem Stellplatz beim Freibad abstellen wollte." „Und? Wurde er festgenommen?" Andreas hatte seine Hände gefaltet wie zum Gebet. Ich starrte Marc an und wartete auf seine Antwort. „Leider nein... er konnte sich entziehen. Das Wohnmobil konnte sichergestellt werden, nun ist Nowak zu Fuß weiter auf der Flucht." „Das wird er nicht mehr lange sein, denke ich. Zur Not wird er sich einen Wagen klauen und wir müssen damit rechnen, dass er erneut versuchen wird, hier aufzuschlagen." Silke schob die Mistkarre aus der Box und lief wortlos an den Männern vorbei. In ihren Augen sah ich Sorge, als sie mich ansah. „Silke hat recht.", gab Marc zu, „Deswegen würde ich auch vorschlagen, dass Ihr mitsamt den Hunden den Hof vorübergehend verlasst. Könnt Ihr nicht, wenigstens für ein paar

Tage, bei dir unterkommen?" „DAS KOMMT GAR NICHT IN FRAGE!" rief Silke von draußen und leerte die Mistkarre auf dem Hänger. „Es wäre doch nur für ein paar Tage." Der Kommissar redete auf sie ein. „Ich sagte Nein! Dann wären die Schafe und Hühner allein hier, das mache ich nicht. Ich bleibe hier! Wenn du zu dir möchtest, dann verstehe ich das. Siley würde ich dir anvertrauen." Ich bellte wütend auf. Wenn Silke hierblieb, dann blieb ich auch. Andreas steckte die Hände in die Hosentaschen, „Wir bleiben gemeinsam hier. Ich gehe nicht weg. Nowak hat uns beim letzten Mal mächtig erwischt, mein Knie wird langsam bunt, aber ich bleibe hier bei euch." „Ihr seid nicht ganz richtig.", regte sich Marc auf, „Der Mann ist gefährlich." „Wir wissen nun, zu was er fähig ist, und wir werden uns besser wappnen, sollte er wiederkommen." „Dann hole ich mir gleich noch ein paar mehr Klamotten und bleibe ebenfalls hier." „Dann wäre das doch geklärt.", stellte Silke fest, „Komm Siley, wir gehen ins Haus." Marc und Andreas warfen sich Blicke zu und zuckten die Schultern.

Die Hündin begrüßte uns fröhlich. Seitdem Kampf gegen Nowak, der sie fast gepackt hatte, war sie sehr viel zutraulicher geworden. Sie schien uns nun vollends zu vertrauen. Ich kuschelte ein wenig mit ihr und sah zu, wie sie dann die Welpen säugte. Die kleinen Labbis waren zauberhaft, wie sie nebeneinander tranken. „Vatergefühle?", flüsterte Silke und sah mit mir in die Welpenbox. Ich drückte meinen Kopf an sie und Silke las meine Gedanken. „Ich mache dir ein Körnerkissen, dann legst du dich nochmal hin." Dankbar ließ ich mich in mein Hundebett am Ofen dirigieren und mit dem Körnerkissen, das Silke mir unter die Decke schob, mit der sie mich zugedeckt hatte, ging es mir fast schon wieder gut.

13

Es klingelte an der Haustür. Andreas und Silke sahen sich grinsend an. „Unser wertgeschätzter Kommissar hat wohl etwas vergessen." Andreas ging los, um die Dielentür zu öffnen und für das Einfahrtstor mit dem elektrischen Toröffner zu öffnen. Marc war vor wenigen Minuten weggefahren und Silke war Andreas gefolgt, um den Kommissar zu necken. „Moin.", rief eine Stimme, die ich schon länger nicht gehört hatte und ich eilte den Silke nach. „Moin, Rainer, mit dir hätte ich nun nicht gerechnet." „Marc hat mich heute Morgen angerufen, du steckst dieses Mal wohl in richtigen Schwierigkeiten, wie er meinte, daher habe ich mir eine Tasche für ein paar Tage gepackt und nun bin ich da." Rainer, der Steuerberater, hielt seine kleine Reisetasche hoch und lächelte breit. „Ich lass euch mal allein.", meinte Andreas und wollte sich ins Haus umwenden. „Nein, nicht nötig, bleib ruhig.", sagte Rainer und reichte Andreas die Hand, bevor er Silke etwas unbeholfen umarmte. „Verrätst du mir, warum du Sachen mitgebracht hast?" „Marc hat mich gebeten, damit mehr Leute hier sind, die die Augen aufhalten." „So... hat er das...", Silke verdrehte die Augen, „Vielleicht sollte ich eine Pension aufmachen." Sie war sichtlich genervt und wollte gerade wieder in Richtung Küche gehen, als sie sich wieder zu Rainer umdrehte. „Entschuldige bitte... Du weißt, dass ich es nicht mag, wenn man über meinen Kopf hinweg entscheidet.", lächelte sie versöhnlich. „Alles gut, mir war schon klar, dass du nicht begeistert sein würdest." Rainer zwinkerte ihr zu. „Aber, je mehr wir sind, desto schwerer hat dieser Pole es, an die Hündin zu kommen." Andreas lachte laut auf. „Herrlich, das wir ein Spaß. „Vor allem, weil ich noch Einkäufe im Wagen habe, damit wir später kochen können." „Die kann ich holen.", bot Andreas sich an.

Rainer schloss mit der Fernbedienung seinen Wagen wieder auf, als Hanne um die Ecke kam. „Moin.", grüßte sie und winkte mit der freien Hand zu uns hinüber. In der anderen hielt sie eine kleine Tasche. „Das glaube ich nun nicht...", flüsterte Silke und ich lehnte mich an ihr Knie, um ihr zu zeigen, dass es gut war. „Hanne! Lass mich raten... Du bleibst ein paar Tage hier?" Silkes Nachbarin nickte und lachte. „Rainer hat mich angerufen. Hier ist wieder einmal etwas los, wie er sagte. Du hättest mir doch Bescheid sagen können, wir bekommen davon doch nichts mit." Silke nahm Hanne die Tasche ab, „Sei froh... Das ist nicht ganz ohne... hat Rainer das erwähnt?" „Ja, man hat euch angegriffen?" „Siley hat uns tapfer und mutig verteidigt." Hanne strich mir über den Kopf, „Ich hätte Barney mitgebracht, aber hier sind schon genug Hunde." Ich wedelte mit der Rute, Barney ist mein Hundekumpel und ich hätte ihn gern gesehen, aber Hanne hatte recht. Die Hündin mit den Welpen hatten sich gerade halbwegs eingelebt, ein weiterer und für sie fremder Hund hätte nur Unruhe bedeutet. „Hansi hat Urlaub, er kümmert sich um Barney und die Katze." „Er soll am Abend aber zum Essen vorbeikommen.", lud Silke ein, „Rainer hat hoffentlich genug eingekauft." „Das hat er... Es sind noch zwei Tüten im Wagen." Andreas humpelte an uns vorbei, voll beladen mit einem großen Karton und einer Einkaufstasche.

Die Hündin sah die Neuankömmlinge mit einer Mischung aus Angst und Neugier an. „Lasst sie bitte einfach bei ihren Welpen, die kleine Maus hat genug mitgemacht in den letzten Tagen.", bat Silke ihre Gäste. Ich lief zur Hündin und gab ihr zu verstehen, dass sie sich nicht sorgen brauchte. Silke und Andreas wurden von Rainer und Hanne ausgefragt. „Nun erzählt doch mal. Ich habe nicht einmal mitbekommen, dass bei dir ein Leichenwagen gewesen ist, um den Toten abzuholen. Hansi meinte gestern noch, dass es ziemlich ruhig bei dir wäre, seit Andreas da ist." „Das war wohl ein mächtiger Irrtum.", lachte Silke und fiel dabei fast vom Stuhl. Silke und Andreas erzählten abwechselnd, was sie bisher ermittelt hatten und in den letzten Tagen vorgefallen war. „Meint Ihr, dass der Tote von den Drogen wusste?" Rainer sah von einem zum anderen. „Genau diese Frage haben wir uns auch schon gestellt. Ich denke eher nicht, da die Zweitwohnung von Hinnerk Lohmann keinerlei Hinweise darauf ergeben hat. Meiner Meinung nach ging es Lohmann nur um die Hunde und den illegalen Welpenhandel." Die anderen nickten. „Der arme Mann. Er hat doch nur helfen wollen.", meinte Hanne und sah in die Welpenbox. „Willst du sie behalten?" Ich hob meinen Kopf von Silkes Bein. „Nein, die Hündin wird Andreas sterilisieren und dann sollen alle an verantwortungsvolle Hundehalter vermittelt werden." Ich war erleichtert. Nach dem Gerangel mit dem Einbrecher und der Schnittverletzung war mir klargeworden, dass ich andere Hunde zwar gern mochte, aber ich wollte mit Silke allein wohnen. „Siley bleibt Einzelprinz, er soll auf seine alten Tage keine Aufregung mehr haben müssen." Silke sprach mir aus der Seele und ich blickte sie verliebt an.

Andreas sah immer wieder zu Silke hinüber. Rainer stieß Silke an, damit sie Andreas Blicke bemerkte. „Kannst du mal kurz kommen?", fragte der Tierarzt. Silke ging mit ihm zur Küchenzeile. „Wo sollen Rainer und Hanne denn schlafen?" „Gute Frage... Marc wieder auf dem Sofa, dachte ich. Rainer könnte ins Gästezimmer und

Hanne ins kleine Büro, da steht das Gästesofa zum Ausklappen." Silke hatte die Hände auf die Hüften gestemmt und schien zufrieden mit ihrer Verteilung. „Klingt an sich gut, nur... wo schlafe ich dann?" Andreas hob fragend die Hände. „Wäre es in Ordnung, wenn du ausnahmsweise mit in meinem Bett schläfst?" Ich lauschte den beiden und fand die Idee nicht so toll, da ich doch dort mit Silke schlafen wollte, immerhin war ich vom Vortag noch nicht wieder fit. „Sofern es dich nicht stört, wenn Siley zwischen uns liegt." Ich schnaubte die Luft aus. „Mit Siley habe ich kein Problem...", flachste Andreas. „Und wehe, du schnarchst.", drohte Silke. Rainer sah zu uns herüber und lächelte zufrieden.

Während des Abendessens, das alle gemeinsam mit viel Gelächter zubereitet hatten, wurde über Welpenhandel und unverantwortliche Hundehalter gesprochen. „Man darf nicht alle verurteilen. Einige wollen damit ja auch Hunde retten. Und bei den heutigen Preisen bei Züchtern ist nicht für jeden ein Hund bezahlbar.", gab Silke zu bedenken, „Das ist ein schmaler Grat." „Fakt ist aber, dass Lohmann seine Tierliebe zum Verhängnis geworden ist." Einen Moment lang herrschte Schweigen. „Wenn doch die Hündin nur reden könnte... Sie weiß sicher noch alles." Beim Nachtisch wurde dann die Nachtwache eingeteilt und es kehrte langsam Ruhe ein. Ich lief noch eine letzte Runde über den Hof, der Schnee leuchtete im Mond und ich warf einen prüfenden Blick über das Grundstück, das verschlafen dalag. Hinter mir hörte ich Schritte und dann stand die Hündin neben mir. Auch sie kontrollierte wie ich das Grundstück. Gemeinsam liefen wir wieder ins Haus, wo Silke uns entgegenkam. „Geht rein, ich verriegle nur schnell noch Stall und Dielentür, dann komme ich nach."

Mitten in der Nacht wurden wir wach, ein gellender Schrei ertönte durchs Haus. „HILFE!" wurde wieder gerufen. Andreas sprang mit einem Satz aus dem Bett. Silke hielt sich den Finger vor die Lippen, damit ich nicht bellte. Langsam schlichen wir hintereinander den Flur entlang zur Küche. „Leise.", sprach eine Stimme zu uns. Marc stand mit gezogener Waffe am Esstisch. Silke hatte die Hand am Lichtschalter, bereit, das Licht anzuschalten. „Kann ich Licht machen?" „Ja." Marc starrte auf die Tennentür, die Waffe hielt er zum Schuss bereit. Ich war zwischen den Beinen von Andreas und Silke hindurchgeschlüpft und stand neben dem Sofa. Meine Nase hielt ich hoch in die Luft, um fremde Gerüche aufzunehmen. Silke kam mir nach und sah sich um. „Wo sind die anderen?" Marc nahm seine Waffe herunter und sicherte sie. Rainer kam verschlafen aus dem Gästezimmer. „Was ist los?", fragte er und rieb sich die Augen. Plötzlich sah er sich um, „Hey!", rief er aus und wäre fast hinten übergeschlagen. Die Hündin rannte an ihm vorbei zur Welpenbox und hätte ihn beinahe von den Beinen geholt. „Hanne!", sagten Andreas, Marc und Silke gleichzeitig. Silke lief voran zum Arbeitszimmer, in dem Hanne einquartiert war. Bevor sie den Türdrücker greifen konnte, wurde von der anderen Seite die Tür bereits aufgerissen und Hanne stand vor uns, sie trug einen Bademantel über dem Nachthemd und lachte laut, als sie uns sah. „Das war vielleicht ein Schreck!" Wir sahen sie mit großen Augen an. „Leute, es war falscher Alarm. Die Hündin dachte sich wohl, sie könnte sich zu mir ins Bett legen. Junge, was habe ich mich erschreckt." Die Anspannung ließ augenblicklich nach, Marc steckte seine Waffe wieder in sein Holster, und dann begannen alle erleichtert zu lachen. „Mach am besten die Tür ganz zu.", sagte Silke und schickte alle wieder ins Bett, „Lasst uns noch etwas schlafen, wir haben nun ja bewiesen, dass wir wissen, was wir zu tun haben.", grinste sie. Ich blieb bei der Hündin in der Welpenbox, sie suchte meine Nähe und ich war nun wach und gedachte, zu wachen.

14

Alle schliefen wieder, nur ich war wach. Meine innere Stimme hielt mich vom Schlafen ab und ich schaute immer wieder einmal aus dem bodentiefen Küchenfenster zum Einfahrtstor. „Kannst du etwas sehen?" Hinter mir war Marc aufgetaucht, da von meinem Pfotentrapsen wach geworden war, und flüsterte mir leise zu. Ich sah zu ihm auf und schüttelte mich. „Es ist stockdunkel." Für seine Augen mochte das so sein, doch ich konnte alles sehen. „Die Uhr sagt zwei Uhr, ich lege mich wieder auf das Sofa." Der Kommissar schlurfte wieder auf seine Schlafstätte und wickelte sich in die Decke. Ich warf einen Blick durch die Küche und legte mich dann auf der Matte am Fenster ab. Ein wenig döste ich ein und schreckte wieder hoch, als ich meinte, etwas gehört zu haben. Die Hündin hatte ebenfalls den Kopf gehoben, doch sie blieb bei ihren vier Welpen liegen. Ich schaute zu Marc hinüber, der leise schnarchte. Dann hörte ich wieder ein Geräusch, es war eine Mischung aus Scheppern und einem dumpfen Schlag. Meine Nackenhaare stellten sich von allein auf und ich erhob mich langsam von meine Matte. Auf der Straße konnte ich Bewegung erkennen und nahm dies zum Anlass, um lautstark mit Bellen zu warnen. Die Hündin blieb ruhig, sie hielt ihre Welpen an sich gedrückt.

Marc fiel fast vom Sofa, da er sich erschreckt hatte durch mein Bellen, er sah sich hektisch um. Silke war im gleichen Moment in die Küche gekommen und suchte mich in der Dunkelheit. „Leise, Siley...", gebot sie mir und kam ans Fenster. „Macht kein Licht.", raunte sie den anderen zu, die nun alle in die Küche geeilt waren. Silke starrte durch die Dunkelheit, dorthin, wo ich meinen Blick starr hielt. „Ich sehe auch etwas. Da ist jemand, der auf der Straße vor meinem Zaun sich bewegt.", informierte Silke die anderen, die bewegungslos in der Küche standen. „Wir gehen durch die kleine Seitentür auf den Hof, von dort schleichen wir uns an der Hausmauer entlang.", Marc gab Anweisungen, „Silke und Hanne bleiben im Haus." „Von wegen!", erwiderte Silke und riss ihre Jacke vom Haken. Sie schlüpfte in ihre Clogs und zog sich im Laufen die Jacke an. Marc wollte sie aufhalten, doch Rainer schüttelte den Kopf, „Sie wird sich nicht aufhalten lassen." Die anderen, schnappten sich ihre Jacken und liefen hinter Silke her. „Ich bleibe nicht allein hier drinnen.", meinte Hanne und zog ihren Wintermantel an.

Draußen war es kalt, der Frost hielt hartnäckig an, und ich wünschte mir, dass ich meinen Hundemantel angehabt hätte. Ich vergaß die Kälte jedoch schnell, als wieder das Scheppern ertönte. Silke rutschte mehrfach auf dem gefrorenen Boden aus, folgte mir aber dicht auf den Fersen. Die Männer hatten Mühe, unserem Tempo zu folgen, sodass wir als erste am Tor waren. „Wir hätten eine Taschenlampe mitnehmen sollen.", stellte Silke leise fest. „Siley, such! Wo müssen wir hin?" Ich lief zielstrebig auf das Tor zu und gab mit Winseln zu verstehen, dass Silke es öffnen sollte. Sie verstand sofort und das Tor schwang auf. Rechts von uns hörten wir ein kratzendes Geräusch und eine fluchende Stimme. Andreas hatte uns eingeholt und Silke gab ihm ein Zeichen, wo wir eine Person gehört hatten. Marc hielt Andreas am Arm fest und flüsterte, „Geh du am Zaun entlang. Ich geh über die Straße und komme von der anderen Seite. Rainer, du bleibst auf der Straße und versuchst bei einem Fluchtversuch, den Weg zu versperren."

Silke sah mich an und wir dachten das Gleiche. Gemeinsam schlichen wir an den Männern vorbei und bemühten uns unbemerkt nach vorne zu gelangen, damit eine Flucht über den Sandweg durch uns verhindert werden konnte. „Pass auf, dass er dich nicht packen kann.", gab Silke mir mit auf den Weg. Ich wollte gerade an der Gestalt vorbeihuschen, als ich laut aufjaulte. „Siley!", rief jemand meinen Namen, „Wo kommst du denn her? Du bist doch wohl nicht weggelaufen, oder?" Silke stand neben mir und sie begann zu lachen. „Das ist Helge!", rief sie den anderen zu. Eine Taschenlampe strahlte zu uns herüber. „Was machst du mitten in der Nacht hier?", fragte Silke ihren Nachbarn. „Ich war auf der Weihnachtsfeier von der Firma, wir haben heute Inventur gemacht und ab morgen ist Betriebsurlaub bis Neujahr.", klärte Helge uns auf. „Leider ist es dermaßen glatt und ich fahre so selten Fahrrad, dass ich hingeschlagen bin." Helge mühte sich wieder auf die Beine. „Dabei habe ich keinen Alkohol getrunken.", grinste er schief. Andreas hob Helges Fahrrad auf. „Bist du verletzt?" „Nein, außer einem angekratzten Ego ist alles in Ordnung." „Komm mit zu mir, ich mache Kakao für alle, die Nacht ist nun für uns vorbei, denke ich." Helge nahm das Angebot dankend an und so schob ein lustiger Trupp wieder ins Haus.

„Du hast ja ein volles Haus.", bemerkte Helge. Hanne schenkte den dampfenden Kakao in die Becker ein. „Wir sind der Wachtrupp.", sagte sie. „Wachtrupp? Ich verstehe nicht.", Helge sah fragend in die Runde und dann fielen ihm die Welpen mit der Hündin auf. „Seit wann hast du Nachwuchs?" Silke setzte sich zu Helge an den Tisch und berichtete, wie es zu der Situation gekommen war. Helge nickte zwischendurch. „Gut, dann bleibe ich auch und passe mit auf." „Du willst ja nur mehr

Kakao.", lachte Silke, „In Ordnung, wenn dir der Ohrensessel mit Fußhocker als Ruheplatz reicht..." „Klar, der ist am Ofen, einen besseren Platz kann ich mir nicht vorstellen."

Den Rest der Nacht blieben alle wach. Silke machte um fünf Uhr am Morgen Frühstück und alle sammelten sich etwas übermüdet und doch aufgekratzt am Tisch. „Rainer hat so viel mitgebracht, da können wir noch mehr Leute bewirten.", dankte Silke ihrem alten Freund. Für uns Hunde wurde das ein oder andere Stück Wurst, Käse oder Brot hinuntergereicht und die Hündin strahlte mich an, als wäre sie im siebten Himmel. Mein Blick blieb an Silke hängen und ich stellte fest, dass ich es mit ihr unfassbar gut getroffen hatte. Ich hatte ein bequemes Leben und Futter war immer da. Mir wurde erst jetzt bewusst, dass die Hündin ein hartes Leben hinter sich gebracht hatte, ganz sicher ohne jede Liebe, und sie dennoch ihre Welpen fürsorglich versorgte.

„Nowak wird sicher nicht aufgegeben haben, an die Hündin zu gelangen, immerhin trägt sie die Koordinaten, die ihn zu den Drogen führen sollen." Die Menschen hatten sich versammelt und beratschlagten sich über das weitere Vorgehen. „Wir müssen den Täter fassen. So, wie es jetzt ist, rennen wir nur hinterher, er ist uns einen Schritt voraus. Aber ich will wissen, warum Lohmann sterben musste." Silke tippte mit den Fingern auf den Tisch.

Die Welpen versuchten aus der Box zu klettern, sie wurden von Tag zu Tag mobiler und aktiver. Die Hündin bemühte sich, ihre Babys zurückzuholen. Ich beobachtete das Geschehen eine Weile und sah dabei die Hündin genauer an. Sie hatte extreme Angst vor dem Polen Nowak gehabt, als er sie vom Hof holen wollte. Für mich war klar gewesen, dass sie nicht von den Welpen getrennt werden wollte, doch als ich sie nun betrachtete, wurde mir plötzlich klar, dass es mehr als die Sorge um die Welpen war. Sie hatte Todesangst in den Augen gehabt, daran konnte ich mich nun erinnern. In der hektischen Situation hatte ich das nicht so wahrgenommen, ich war auch zu sehr beschäftigt, mit dem Mann zu kämpfen, der mich kurz zuvor an der Schulter verletzt hatte.

Silke bemerkte meine Nachdenklichkeit und forderte mich mit ihrem Blick auf, ihr auf meine Weise mitzuteilen, was in meinem Kopf vorging. Ich legte meine Pfote auf die Nase und klemmte den Schwanz ein, dabei sah ich zu der Hündin. „Siley weiß mehr...", sagte sie zu den anderen am Tisch. „Wie kommst du darauf?", fragte Helge. „Warum sitzt er so da, als ob er Angst hätte?" Marc schaute zum Fenster. „Siley hat keine Angst, aber die Hündin hat Angst gehabt, das drückt seine Haltung aus." „Vor mir?", fragte Helge. „Nein. Ich sehe an Siley, dass es um den Nowak geht. Die Hündin muss Todesangst gehabt haben." Die Menschen sahen sich an, sie wussten nicht, was Silke meinte. „Meinst du, dass man die Hündin töten wollte?" Hanne war entrüstet. „Das würde Sinn ergeben... Sie ist bereits etwas älter und zur Züchtung nicht mehr lange tauglich. Vermehrer sind da skrupellos." Andreas brachte sein tierärztliches Wissen ein. „Die Vermutung liegt nahe, dass Lohmann das gewusst hat und deshalb die Hündin versucht hat, zu retten." „Und damit man sie nicht findet, hat er sie nach Augustfehn gebracht. Natürlich mit ihren Welpen." Silke kam in Fahrt. „Nur, dass sie die Koordinaten für den Drogenstandort auf ihrer Haut trägt und Nowak hat ihn von Heringsdorf oder Polen aus verfolgt, da er sonst nicht an die Drogen herankommt." Die anderen bekamen große Augen. „Das klingt plausibel...", meinte Marc. „Vielleicht hat Lohmann bemerkt, dass er verfolgt wird und dann hat er die Hündin mit den Welpen unterwegs versteckt und versucht, hier bei mir Hilfe zu holen." Silke redete immer schneller, sie war aufgeregt, dass sie einen Grund für den toten Menschen in unserem Stall fand. „Nowak war ihm aber weiter auf den Fersen und hat ihn dann quasi lautlos mit Curare umgebracht."

Es herrschte eine seltsame Stille in der Küche. Ich war stolz auf Silke, alles, das sie gesagt hatte, ergab Sinn, und ich bellte zustimmend. „Nun müssen wir nur noch Nowak fassen.", dämpfte Marc Silkes und meine Euphorie ein wenig. „So lange bleiben wir alle hier. Je mehr wir sind, desto schwerer machen wir es dem Polen.", entschied Rainer kurzerhand, „Sofern es dir recht ist...", fügte er noch hinzu. Silke schluckte kurz, dann lächelte sie, „Ihr wisst, wie ich bin... es geht um die Hündin und auch um Siley, vor dem der Pole nicht halt machen wird." „Ich übernehme das Kochen.", meinte Hanne. „Aber ruf Hansi bitte zum Essen herüber.", bat Silke und Hanne nickte. „Mich ruft das Revier, ich muss leider nun los, Papierkram erledigen." Marc verabschiedete sich, „Bis heute Abend."

Rainer hatte begonnen, den Frühstücktisch abzudecken. „Ihr habt die letzten Tage so viel Aufregung gehabt, daher biete ich an, auf die kleine Hundefamilie aufzupassen, wenn Ihr beiden mal raus wollt." Er zwinkerte Andreas und Silke zu. „Das ist lieb von dir.", freute sich Silke, „Ich würde in der Tat gern einen kleinen entspannten Ausflug mit Siley machen, wenn ich mit dem Stall und den Tieren fertig bin. Einfach mal durchatmen." „Wenn ich darf, schließe ich mich euch gern an." Andreas machte eine bittende Geste. „Diese Woche habe ich mir Urlaub genommen und ein Kollege vertritt mich.", ergänzte der Tierarzt. „Okay, aber dann musst du mir im Stall helfen.", grinste Silke. Hanne warf Rainer einen verschmitzten Blick zu und fragte ihn leise, als sie an ihm vorbeilief, „Macht dir das nichts aus, wenn die beiden losziehen?" „Nein, ich schätze Silke als gute Freundin, mehr nicht, alles andere ist Vergangenheit."

15

Es war kalt im Wagen, der nun einige Tage unbewegt unter der Remise gestanden hatte. Ich war froh, dass Silke mir mein Mäntelchen anzogen hatte. Unser Weg führte uns die Straße in Richtung Ortsmitte, von dort dann weiter zum Schmuggelpadd, wo Silke den Wagen parkte. Mit einem großen Satz sprang ich aus dem Wagen und begann sofort, zu die Hundezeitung zu lesen. Hier und dort fand ich Gerüche von mir bekannten Hunden, aber auch jede Menge fremde Düfte fand ich. Silke und Andreas schlenderten hinter mir her. „Schau mal, sieht das nicht malerisch aus?" „Schnee hat immer so etwas Friedliches an sich. Und alles sieht so sauber aus. Der Müll, der herumfliegt ist verborgen." „Ich mag die Luft, sie brennt auf der Haut." Die beiden Menschen hinter mir unterhielten sich zwanglos. Von vorne kam uns eine Frau entgegen. Sie hatte keinen Hund bei sich und wanderte den schmalen Feldweg entlang. Als sie auf unserer Höhe war, sprach sie uns an. „Guten Tag. Sind sie von hier? Ich bin hier zu Gast und suche ein Café oder Ähnliches, wo ich etwas Warmes trinken könnte." Die Frau sah Silke mit durchdringendem Blick an. „Moin. Oh... da müssen Sie noch etwas weiterlaufen. Einfach die Straße da vorne hoch, dann über den Bahnübergang, dort ist eine Bäckerei. Das wäre auch die erste auf dem Weg." Silke lächelte höflich. „Einen schönen Hund haben Sie.", sprach die Frau wieder. Ich wunderte mich etwas, da sich normalerweise Menschen für eine Information bedanken, und ich trat näher an die Frau im Daunenmantel heran. „Danke.", erwiderte Silke und warf mir einen Blick zu. Sie sah sofort, dass ich in Hab-acht-Stellung gegangen war.

Silke griff nach Andreas Hand, um ihn auf mich aufmerksam zu machen. Ein leises Knurren von mir reichte, dass die Frau einen Schritt zurück ging. „Aus.", gebot Silke mir, doch ich hatte ein Parfüm wahrgenommen, dass ich kannte, und kniff die Augen zusammen und zeigte meine Zähne. „Nehmen Sie den Köter an die Leine.", zischte die Frau. „Komm hier! Ich habe verstanden." Silke klopfte sich auf das Bein und ich fügte mich. Die Frau ging im großen Bogen an uns vorbei. „Immer der Straße entlang.", winkte Silke ihr nach. „Siley, was war das?", fragte sie mich dann. Ich starrte der Frau nach und ging der Frau ein paar Schritte nach, wieder zu Silke und Andreas und wieder in die andere Richtung. „Mit der Frau stimmt etwas nicht.", stellte Silke fest. „Warten wir noch kurz und folgen ihr dann." Ich wartete ungeduldig, bis wir endlich hinter der Frau hergingen. Sie lief mit schnellen Schritten, bog dann jedoch nicht links auf die Hauptstraße ab, wie Silke es ihr erklärt hatte, sondern nach rechts, von wo aus es hinten durch nach Vreschen-Bokel ging. „Das ist der Beweis. Wir sollten nicht zu dicht hinter ihr herlaufen." Die Frau wurde schneller, zwischendurch rannte sie immer wieder kurze Etappen. „Auf jeden Fall kennt sie sich hier aus, sie weiß genau, wo sie hinwill." Andreas griff wieder Silkes Hand und begann ebenfalls kurz zu rennen. Ich trabte neben den beiden her und behielt die Frau stets im Auge. Das Parfüm, wonach sie roch, war nicht das ihre gewesen, sie hatte es nur oberflächlich an sich, und ich wusste auch, an wem ich das bereits einmal gerochen hatte, es war der Pole Nowak gewesen. Die Frau gehörte zu ihm, dessen war ich mir sicher.

An der Kurve, wo der Baum steht, stand ein Geländewagen. Die Frau hielt eine Hand hoch und die Blinker erleuchteten. Sie stieg ein und dann hörten wir den Wagen aufheulen. Die Frau gab Gas und fuhr über die schneebedeckte Straße. Ich fiel in einen schnellen Galopp und verfolgte den Wagen. Hinter mir hörte ich Silke rufen, „SILEYYYY! STOPP!" So sehr Silke auch rief, ich ignorierte es, denn vor meinem geistigen Auge sah ich wieder die Todesangst der Labbi-Hündin, als Nowak sie wegzerren wollte. Ich rannte so schnell ich konnte. Silke hatte Andreas den Wagenschlüssel zugeworfen. „Hol unser Auto, schnell!" Sie selbst rannte hinter mir her und rief immer wieder nach mir. „Siley! Bleib stehen." Auf dem vereisten Schnee rutschte ich aus und schlitterte auf den Seitenstreifen, fing mich wieder und galoppierte weiter. Der Geländewagen mit der Frau am Steuer war vor mir. Meine Pfoten brannten, doch ich versuchte, noch schneller zu rennen.

Andreas hatte unseren Wagen geholt und fuhr hinter uns her. Er holte Silke ein, die zu ihm in das Auto stieg. Ein kurzer Blick nach hinten brachte mich ins Stolpern, da ich in eine Schneewehe geriet. Es kostete mich Kraft, wieder aufzustehen, doch ich rannte wieder los. „Siley, hier her!", rief Silke wieder. Mühsam hielt Andreas den Wagen auf der schmalen Straße, unser Auto war alt und hatte keinerlei Schnickschnack, auf den er zählen konnte, er musste sich konzentrieren, nicht von der Straße zu rutschen. Erneut kam ich zu Fall, der Geländewagen entfernte sich weiter von mir. Wütend heulte ich und bemühte mich, auf die Beine zu kommen, als Andreas und Silke neben mir hielten. Die Beifahrertür wurde aufgerissen und Silke sprang aus dem Wagen. „Komm, mein Junge, ich helfe dir ins Auto." Silke packte mich beherzt und schob mich in den Beifahrerfußraum, um dann selbst wieder einzusteigen.

„Der Wagen hat Allrad, den holen wir nicht ein." Andreas sah enttäuscht aus. „Egal, bleib dran, so gut es geht. Wir geben jetzt nicht auf. Siley hat deutlich gezeigt, dass mit der Frau etwas nicht stimmt. Vertraue ihm." Silke rubbelte mir das Fell, das durch meine Stürze in den Schnee ganz nass war. „Alles okay mit dir?", säuselte sie mir ins Ohr. Ich hechelte und zitterte am ganzen Körper, doch meine Wut, dass die Frau uns entkommen war, war größer als meine Erschöpfung und ich winselte. „Lass uns abbrechen und in die Praxis fahren, damit ich Siley untersuchen kann. Das war ziemlich viel für ihn." Mit lautem Bellen widersprach ich dieser Idee. „Nein, Siley will, dass wir nicht aufgeben. Solange wir den Geländewagen mit der Frau noch sehen, bleiben wir dran.", sagte Silke mit bestimmtem Ton in der Stimme. Andreas sah kurz zu ihr hinüber, „Gut."

Die Frau bog links ab und fuhr neben den Gleisen. Ich hatte meinen Kopf gereckt und schaute über das Armaturenbrett. Der Wagen wurde langsamer und wir konnten etwas aufholen. „Kannst du das Kennzeichen erkennen?", fragte Silke. Andreas kniff die Augen zusammen, „Nein. Es sind aber nur zwei Buchstaben vorne, das kann ich erkennen." „Dann ist sie wirklich nicht von hier." Wir folgten dem Wagen, der rechts über die Gleise abbog und damit aus unseren Augen verschwand.

Ich machte einen langen Hals, doch der Wagen war weg. Andreas gab Gas und rutschte um die Kurve. Auf den Gleisen hatte Andreas den Wagen wieder unter Kontrolle. „Wohin mag sie abgebogen sein?" Am Ende der Straße sah Silke mich ratlos an. Mein Gefühl sagte mir, dass die Frau nach links abgebogen war, um von Vreschen-Bokel wieder nach Augustfehn zu kommen. Ich gab ein Bellen von mir und blickte starr nach links. „Bieg links ab.", ordnete Silke an.

„Da!", riefen Silke und Andreas gleichzeitig aus. Ich hatte recht gehabt und wir waren der Frau wieder auf den Fersen. Sie bog wieder nach links ab. „Fahr eine Straße weiter, wir halten beim Supermarkt." Andreas wollte fragen, warum, doch dann überlegte er es sich anders und tat, wie geheißen. Ich hatte mich etwas erholt und sprang vor Silke aus dem Auto. „Ich habe die Ahnung, dass sie auf dem kleinen Weihnachtsmarkt ist." „Wie kommst du darauf?", Andreas zog sich seine Handschuhe an. „Ich sehe es an Siley." Silke kennt mich nur zu gut und ich zog an der Leine, um schnell zum Markt zu kommen, wo es köstlich nach Bratwurst und anderen Leckereien roch. „Wenn du die Frau wiederfindest, dann bekommst du eine Bratwurst.", spornte Silke mich an. Ich blendete die Gerüche von Essen aus und versuchte das Parfüm der Frau oder von

Nowak auszumachen. Andreas blieb nah bei uns und blickte sich, wie auch Silke auf dem Markt um. „Also... ich kann sie nirgends sehen."

Ich lief zielstrebig weiter und in der Nähe des großen Weihnachtsbaumes, der mit seinen Lichtern über den Platz erstrahlte, meinte ich, das Parfüm der Frau zu riechen. „Siley hat etwas in der Nase." „Sicher nur seine Bratwurst.", scherzte Andreas. Silke warf ihm einen finsteren Blick zu. „Entschuldige bitte... Siley ist Profi." Andreas hob entschuldigend die Hände und beobachtete mich, wie ich mit hocherhobener Nase durch die Menschenmenge lief. „Ich rufe Marc an.", entschied Andreas. „Super, er soll sofort herkommen. Da vorne, hinter dem Weihnachtsbaum... da steht die Frau und sie wartet anscheinend auf jemanden." Andreas informierte Marc, der sich umgehend auf den Weg machte. Wir versteckten uns an einer Glühweinbude und Silke wurde angesprochen. „Wann erscheint dein nächstes Buch?" „Ich denke Anfang nächsten Jahres. Momentan habe ich so viel auf dem Hof an Aufregung gehabt." Silke sprach noch mit einigen anderen Bekannten und Andreas reichte ihr ein Glas. „Glühwein? Jetzt?" „Keine Sorge, es ist alkoholfreier Punsch.", lachte er. Die beiden stießen an und ließen die Frau nicht aus den Augen.

Marc traf uns mit den Gläsern in der Hand und roch an Silkes Glas. „Punsch. Ich nehme auch gern einen." Andreas bestellte ihm ein Glas und Silke setzte derweil den Kommissar in Kenntnis. Marc sah verstohlen zu der Frau, die immer noch zu warten schien, sie sah auf ihre Uhr und tippte ungeduldig mit der Fußspitze auf. Dann veränderte sich ihre Haltung plötzlich und sie winkte jemandem, den wir nicht sehen konnten, da er vom Weihnachtsbaum verdeckt war. „Ich habe Kollegen in Zivil am Bahnhof und überall auf dem Gelände verteilt stehen." Marc suchte mit den Augen die Menschen ab, dann nickte er. „Es ist Nowak, der sich hier mit eurer fremden Frau trifft." Meine Nackenhaare und auch die am unteren Rücken standen mir zu Berge. „Ruhig bleiben, Siley.", ermahnte mich Silke, doch ich war wild entschlossen, den Hundequäler Nowak zu fassen.

Marc gab seinen Kollegen ein Zeichen, Nowak festzunehmen. Dieser merkte, dass etwas im Gang und sah sich hektisch um. Hinter ihm kam eine Passantin von Richtung Bahnhof auf den Marktplatz gelaufen, sie wollte offensichtlich zum kleinen Weihnachtsmarkt gehen, ihr Blick war auf ihr Smartphone gerichtet und sie lächelte. Nowak lief ihr entgegen und packte sie. Die junge Frau war erstarrt vor Schreck und ließ ihr Handy fallen, als der

Pole ihr ein Messer an den Hals hielt. „Nicht näherkommen, ich mach sie kalt.", drohte er und bewegte sich mit der Frau im Schwitzkasten langsam rückwärts, vom Marktplatz weg. Die Polizisten hielten ihre Waffen auf ihn gerichtet. „Lassen Sie die Frau gehen.", sagte Marc ruhig, aber bestimmt. „Einen Dreck werde ich!", gab Nowak zurück.

Hinter uns wurden Weihnachtslieder gespielt, die Besucher des Weihnachtsmarktes schienen nichts von dem Geschehen hinter dem funkelnden Weihnachtsbaum mitzubekommen. Kinder rannten mit Zuckerwatte herum, das Karussell drehte sich mit fröhlich lachenden Kindern darauf und an den Ständen wurde gegessen, getrunken und laut gelacht. Ich sah zu Silke auf, die leise nickte und mir den Karabinerhaken vom Geschirr löste. „Du weißt, was du tun musst.", zwinkerte sie. Ich lief geduckt durch eine Gruppe von Leuten, die ein Gruppenfoto von sich machten und schlich dann an der Hauswand eines Ladens entlang. Meinen Blick hielt ich zu Nowak und der Frau gewandt. „Nowak, es hat keinen Sinn! Überall stehen Kollegen, Sie kommen hier nicht weg!", rief Marc dem Polen zu. „Ihr werdet mich nicht aufhalten!" Marc machte eine Handbewegung, dass seine Kollegen sich zurückhalten sollten, er wollte nicht, dass der Geisel etwas passierte.

Ich hatte den rückwärtigen Marktplatz fast umrundet und näherte mich nun von hinten dem Polen. Mit jedem Schritt, dem ich ihm näherkam, wurde mein Hass größer und ich bleckte bereits die Zähne. Fast lautlos schlich ich vorwärts. Die Komplizin von Nowak hatte sich zu ihm gesellt und bemerkte mich nicht. Ich stand nun direkt hinter Nowak und suchte Silkes Blick. Sie hob die Hand, dass ich noch warten sollte. Nowak sah zur Seite und Silke gab mir die Freigabe. Ich sprang so hoch ich konnte und biss in den rechten Arm von Nowak. Der Pole schrie laut auf und ließ das Messer fallen. Seine Komplizin begriff nicht gleich, was passiert war, doch dann bückte sie sich, um das Messer aufzuheben, aber sie schaffte es nicht, denn Marc und seine Kollegen hatten die Chance genutzt und den Zugriff gewagt. Nowak lag am Boden, bei seiner Komplizin klickten die Handschellen und die Geisel stand zitternd da und suchte ihr Handy.

Silke lobte mich ausgiebig, dann wandte sie sich an die Geisel. „Es ist alles gut. Wollen Sie sich setzen?" Die junge Frau verneinte, „Ich bin mit meinen Freundinnen verabredet, ich muss los." Andreas sah Silke mit zusammengezogenen Augenbrauen an und zuckte mit den Schultern. „Warten Sie!", mischte sich Marc ein, „Bitte geben Sie mir Ihre Personaldaten, wir werden Sie zwecks eines Protokolls kontaktieren." Die Frau zückte genervt ihre Geldbörse und hielt Marc ihren Ausweis vor die Nase. „Machen Sie sich doch ein Foto davon, ich habe es eilig." Marc nahm das Foto auf und schüttelte dann den Kopf, während die Frau los eilte und auf ihre Freundinnen zustürmte, wo sie aufgeregt und lachend erzählte. „Verstehe einer die Menschen..." Marc sprach aus, was alle anderen ebenfalls dachten. „Vielleicht ist das ihre Art, mit dem Schock umzugehen."

Ich drängelte und nörgelte herum. Silke hatte mir eine Bratwurst versprochen, die ich nun einforderte. „Brauchst du uns noch?", fragte Silke. „Nein, ich komme später zu euch." Wir schauten noch zu, wie Nowak und seine Komplizin abgeführt wurden, dann lachte Silke mich an, „Na, dann holen wir dir deine Bratwurst." Ich hüpfte vor Freude hin und her. „Guck dir das an... es scheint keiner etwas von der Geiselnahme und Verhaftung bemerkt zu haben.", staunte Andreas. „Mag wohl besser sein... du weißt doch, es landet viel zu viel im Internet." Silke kaufte mir eine Bratwurst und bemühte sich, sie schnell abzukühlen. Mir lief das Wasser im Maul zusammen, eine ganze Bratwurst für mich allein. „Ich hol uns Backfisch.", meinte Andreas und lief los. „So... nun kannst du sie haben.", Silke reichte mir die Wurst und ich schlang mehr als, dass ich aß, und schaffte es, dass Silke mir noch etwas von ihrem Backfisch abgab.

16

Hanne stand am Einfahrtstor, als wir die Straße hochfuhren. Sie winkte uns mit beiden Armen zu und öffnete das Tor, damit wir direkt reinfahren konnten. Ich sprang aus dem Wagen und lief schwanzwedelnd ins Haus. Silke legte den Arm um Hanne und lächelte sie breit an. „Komm, wir erzählen euch, was wir erlebt haben." Die Neugier stand Hanne ins Gesicht geschrieben. Rainer und Helge standen an der Küchentür und machten lustige Gesten. Ich war direkt zur Labbi-Hündin gelaufen und teilte ihr auf meine Art mit, dass sie nun in Sicherheit war. Sie leckte mir die Lefzen und ich spürte ihre Erleichterung. Die vier Welpen hockten sich neben sie und es schien, als ob sie lachten.

Rainer machte auf Wunsch aller Glühwein heiß und dann erzählten Silke und Andreas abwechselnd von der Verhaftung des Polen Nowak. Helge klatschte in die Hände und Hanne sprang vom Stuhl auf und tanzte. „Ich wüsste gern, ob Lohmann mit dem Drogenschmuggel zu tun hatte.", sinnierte Rainer. „Marc wird nachher vorbeikommen und weiß dann hoffentlich näheres." Die Menschen waren ausgelassen und Silke kam immer wieder zu mir, um mich zu tätscheln. „Du bist ein Held. So viel Mut, wie du in diesem Fall bewiesen hast, das ist unglaublich." Ihre Augen leuchteten und sie war stolz auf mich. Für mich war es selbstverständlich gewesen, aber anscheinend sahen die Menschen dies anders. Jeder guckte mich an und alle lächelten. Silke gab mir ein Rinderohr und für die Hündin hatte sie ein Kaninchenohr. „Ihr könnt das in Ruhe verspeisen."

Marc Rohloff kam etwa zwei Stunden später. Er wurde von allen umlagert und musste darüber lachen. „So beliebt habe ich mich schon lange nicht mehr gefühlt." Hanne bot ihm einen Glühwein an. „Gerne, ich habe nun Feierabend und einen kann ich wohl trinken." Als der Kommissar vom Verhör zu berichten begann, hingen wir alle an seinen Lippen. „Die Komplizin von Piotr Nowak war kaum auf dem Revier, als sie auch schon ein Geständnis ablegen wollte. Ute Brendel, so heißt sie, hatte Nowak beim Kauf von einem Welpen aus seinem Kofferraum kennengelernt. Und wie das Leben so spielt, waren die beiden sich gleich sympathisch. Ute Brendel war wegen illegalem Anbau von Hanf vorbestraft und da fanden sich die beiden zusammen. Nowak sorgte dafür, dass die Hunde mit den Koordinaten über die Grenze kamen. Er hat dafür ältere Hündinnen ausgewählt, die für die Hundezucht nicht mehr tauglich waren. Mit den Hündinnen und ihren Welpen ist er dann über die Grenze gekommen. Man kann sagen, Nowak hat Doppelgeschäfte gemacht, denn der illegale Handel mit Welpen ist durchaus lukrativ. Zudem hat er dann Drogen über die Ostsee eingeschmuggelt und in dem alten Bahnhof versteckt. Dafür hatte er seine Leute, die übrigens von den polnischen Kollegen vor einer Stunde verhaftet werden konnten, die die Drogen mit kleinen Booten nach Heringsdorf gebracht haben. Die Verstecke wechselten und die Dealer haben die Koordinaten für den genauen Standort über die ausrangierten Hündinnen erhalten. Diese hat Frau Brendel den Dealern übergeben, die dann wiederum die Hündinnen getötet haben." Silke gab ein wütendes Schnaufen von sich. „Das ist aber eine Menge kriminelle Energie." „Ja, in der Tat, ich muss auch gestehen, dass ich so etwas in meiner Laufbahn noch nicht erlebt habe." „Und wie steht Lohmann nun dazu?", fragte Rainer. „Hinnerk Lohmann hatte sich mit der Frau angefreundet, nachdem er herausgefunden hatte, dass sie mit Hunden handelt. Frau Brendel hat uns gesagt, dass es Lohmann ursprünglich nur um den illegalen Welpenhandel ging, von den Drogen habe er nichts gewusst. Aber dann hat er ein Telefonat von Brendel mitgehört, wo es um die Tätowierung ging und, dass die Hündin getötet werden sollte. Sie hatte ihn zu dem Parkplatz, auf dem die viel zu jungen Welpen verkauft werden sollten, mitgenommen. Lohmann hatte dann kurzerhand die Hündin samt Welpen aus dem Wagen von Nowak entwendet und damit dann auch seine Tarnung auffliegen lassen." „Also war er doch ein Tierschützer durch und durch.", atmete Silke auf. „Davon ist auszugehen, immerhin hat er sein Leben für die fünf Vierbeiner gelassen. Ich vermute, dass er, verfolgt von Nowak, die Hunde verstecken wollte, aber Nowak war ihm zu dicht auf den Fersen und Lohmann hat die Box mit den Welpen vorübergehend im Waldstück versteckt und die Hündin laufen lassen. Er selbst hat wohl noch zu fliehen versucht, aber Nowak hat ihn eingeholt und dann leider mit Curare zu Tode gespritzt."

Die Ruhe, die nach Marcs Bericht folgte, war nur kurz. „Furchtbar.", flüsterte Silke, „Die haben weder vor Tieren noch vor Menschen Halt gemacht, Hauptsache es gibt Geld." Andreas nahm Silke in den Arm. „Ich habe eine Idee..." Silke sah ihn an, „Das finde ich prima." Rainer sah die beiden irritiert an. „Wovon sprecht Ihr?" „Wir werden für die Beisetzung von Hinnerk Lohmann sammeln und auch selbst spenden. Er hatte keine Familie, das hat Marc uns gesagt, aber er soll eine schöne Beerdigung bekommen. Lohmann hat mehr getan, als die meisten von uns tun."

Helge begann zu klatschen. „Das ist eine grandiose Idee!", rief er aus. Ich drehte mich um mich selbst, die gute Stimmung erfüllte die ganze Küche.

Spät am Abend verließen uns Hanne, Rainer, Helge und Marc. Das Haus leerte sich wieder und Silke räumte die Wohnung wieder auf. „Ganz schön viele Leute in den letzten Tagen. Die Ruhe ist nun auch wieder schön." Ich knutterte vor Glück und schlief völlig erschöpft ein. Andreas weckte mich am nächsten Morgen. „Hey, du Langschläfer. Es ist Zeit fürs Frühstück." Ich hatte fast zwölf Stunden geschlafen und fühlte mich fast wieder fit. „Möchtest du dich noch etwas mit den Welpen beschäftigen? Ich werde sie heute zum Tierschutz bringen, wo man sie, wenn die Welpen alt genug sind, vermitteln wird. Nun, wo du den Täter gestellt hast, ist die Hündin wieder sicher und sie wird ganz bestimmt ein schönes Zuhause finden, versprochen." Ein Gefühl von Wehmut überkam mich, doch für die Hündin war es das Beste und so verbrachte ich noch etwas Zeit mit ihr und den Welpen, bevor Andreas sie fortbrachte. Zum Abschied leckte mich die Hündin immer wieder ab. Silke und ich blickten Andreas Wagen nach. „Ich werde sie vermissen.", sagte Silke und wischte sich eine Träne aus dem Auge. Mir ging es genauso und ich drückte meinen Kopf fest an Silkes Knie. Wir trösteten uns gegenseitig und genossen den gemeinsamen Moment, bevor uns die Schafe und der Alltag wieder vereinnahmten.

„In zwei Tagen ist Heiligabend.", stellte Silke fest, „Bist du an Heiligabend hier?" „Ja, wenn es dich nicht stört. Die Bauarbeiten an meinem Haus werden erst Mitte Januar beendet sein." „Dann werde ich gleich mal einkaufen gehen. Hast du besondere Wünsche?" Andreas nahm einen Zettel und schrieb ein paar Dinge auf, die er benötigte. Silke ergänzte den Zettel mit ihren Dingen und schnappte sich dann den Einkaufskorb und fuhr los. Als sie wiederkam, rief sie Andreas. „Hilfst du mir beim Ausladen?" Andreas sah aus der Tennentür und riss die Augen auf. „Erwartest du eine Busgesellschaft zu Weihnachten?" Silke lachte. „Nein, aber ich habe von unterwegs Rainer, Helge, Marc, Hanne und Hansi eingeladen." Ich jaulte und bellte dann. „Ja, Barney bringen sie mit." Fröhlich rannte ich über den Hof und freute mich auf Weihnachten wie ein kleines Kind.

Der Weihnachtsabend war gemütlich. Draußen lag immer noch Schnee und Silke hatte den Hof mit Lichterketten geschmückt. Andreas hatte von sich zu Hause einen künstlichen Weihnachtsbaum geholt, den er mit Silke zusammen geschmückt hatte. Nachdem Barney und ich über den Hof getollt waren, lagen wir zusammen vor dem Ofen und dösten, während die Menschen sich unterhielten und aßen. „Es ist schön, dass Ihr da seid. Ich bin euch dankbar, dass Ihr, ohne zu fragen von der Stelle wart, als wir euch brauchten." Hanne winkte ab, „Das würdest du für uns auch tun." Rainer nickte zustimmend und Helge grinste breit, „Bei dir wird es nie langweilig." Die Menschen hatten bewusst auf Geschenke verzichtet, da sie dem Tierschutz spenden wollten, dennoch hatte Silke für jeden einen riesigen Schokoladenweihnachtsmann und für Barney und mich eine Geflügelkaustange. „Nun fühle ich mich doch weihnachtlich.", freute sich Silke und lehnte ihren Kopf kurz an Andreas Schulter und lächelte in die Runde. „Frohe Weihnachten wünsche ich euch."

Epilog

Jedem ist das Glück, einen Hund zu haben, gegönnt, denn Hunde sind wundervolle Wesen, die mit einer Selbstverständlichkeit lieben und treu sind. Man kann so viel von Hunden lernen, vor allem gutes Sozialverhalten.

Der Wunsch, einen Hund zu haben, bringt nur leider aufgrund überzogener Welpenpreise mit sich, dass auch illegale Vermehrer auf den Plan gerufen werden. Dennoch sollte man nicht nur auf den Preis achten, einen Hund aus einem Kofferraum zu kaufen, dahinter verbergen sich großes Elend. Hündinnen, die im Akkord wölfen müssen und fehlende tierärztliche Betreuung sind eine Quälerei.

Tierheime sitzen voll mit Hunden und auch im Internet werden viele Hunde angeboten. Besser da mal schauen, auch, wenn es sich um einen älteren Hund handelt, jeder Hund hat das Glück verdient, eine Familie zu haben, die er mit seiner bedingungslosen Liebe überschütten kann.

Adopt a dog, save a life

Danke

an

meine Freunde,

die mein Leben bunter machen.

TOD IN HOLTGAST

Print: ISBN 9783757889357
E-Book: ISBN 9783758351785

TOD IM FRIEDLICHEN ROGGENMOOR

Print: ISBN 9783757879372
E-Book: ISBN 9783756882571

Print: ISBN 9783757814939
E-Book: ISBN 9783757842529

Print: ISBN 9783752825953
E-Book: ISBN 9783757873370

Print: ISBN 9783756800148
E-Book: ISBN 9783756830220

Print: ISBN 9783754349410
E-Book: ISBN 9783756846528

Milton Keynes UK
Ingram Content Group UK Ltd.
UKHW030155051224
452010UK00010B/414